문학과지성 시인선 441

슬픔의 뼈대

곽효환 시집

문학과지성사

문학과지성사에서 펴낸 곽효환의 시집

지도에 없는 집(2010)

문학과지성 시인선 441
슬픔의 뼈대

초판 1쇄 발행 2014년 1월 10일
초판 3쇄 발행 2017년 8월 16일

지 은 이 곽효환
펴 낸 이 우찬제 이광호
펴 낸 곳 ㈜문학과지성사

등록번호 제1993-000098호
주   소 04034 서울 마포구 잔다리로7길 18(서교동 377-20)
전   화 02)338-7224
팩   스 02)323-4180(편집) 02)338-7221(영업)
전자우편 moonji@moonji.com
홈페이지 www.moonji.com

ⓒ 곽효환, 2014. Printed in Seoul, Korea

ISBN 978-89-320-2529-2 03810

문학과지성 시인선 441

슬픔의 뼈대

곽효환

2014

시인의 말

길의 끝
북방의 시원
그리고 사랑의 궁극에는
무엇이 있을까.

백석과 용악과 신문,
내 글쓰기의 스승들과 동행하며
오랫동안 많은 이야기를 나누었다.

이 멀고 긴 여정 속에서
내내 담담하고자 했으나
그늘 깊은 곳에서는
더러 울기도 했다.

2014년 1월 광화문에서
곽효환

슬픔의 뼈대

차례

시인의 말

1부

1부

1억 4천만 년의 미래
— 우포늪에서

겨울을 난 철새들이 떠난
얼음 풀린 늪이 오솔하다
농무 가득한 소목나루 앙상한 수양버들에 봄물 오
르고
물풀들 조심스레 초록을 입은 새벽 어스름
어부는 쪽배를 흔들어 늪의 깊은 잠을 깨운다
물 위로 동그랗게 겹겹이 번지는 물의 파문
누대에 걸쳐 켜켜이 쌓인 시간의 더께를 흔들어 마
침내
각시붕어 긴몰개 참몰개 돌마자 줄납자루 첨벙대고
날 밝으면 논병아리 물닭 오목눈이 텃새들 분주히
퍼덕이겠다
토평천 자운영 군락에 봄 보랏빛으로 서두르겠다

강줄기가 문득 길을 잃은 그날 이후
늪은 오랜 침묵의 깊이를 알고 있었을까
새벽이면 어부가 깊고 아득한 과거를 깨우는
밤이면 한사코 꽃망울을 닫는 가시연꽃을 품은
1억 4천만 년의 미래를

9

늙은 느티나무에 들다

언제부터였을까
수령이 수백 년은 되었을
동리의 정자를 품은 느티나무
사방으로 가지를 곧게 뻗어
무성한 그러나 인적 없는 여름을 떠받치고 있다

비늘처럼 껍질이 듬성듬성 떨어져 나간
늙은 느티나무 그늘에
몸 들이고 기대었던 사람을 생각한다
그를 닮고 싶었던 혹은 닮았던
그처럼 살고 싶었던 더러는 그렇게 살았던

바람이 전하는 말과
시간이 쌓아둔 흔적,
무수히 드리웠다 사라지는 삶들을
그는 오랫동안 켜켜이
몸 안에 쌓아두었을 것이다

얼음처럼 투명한 세포들이 쌓은 나이테
이제 그는 단단한 풍경이다

나는 아버지처럼
쉽게 흔들리지도 그렇게
일찍 지지도 그렇게
흘러가지도 않을 것이다

통영

비에 젖은 포구가 보이는
수루 앞 계단에 앉아
한 여인이 그리워
낡은 항구를 세 번 다녀간
자작나무를 닮은 사내를 떠올린다
가난했으나 어질고
외로웠으나 높고
쓸쓸했으나 다정했을 그가
사면이 바다인
섬을 닮은 남쪽 항구에서
그리워한 여인

김냄새 나는 비가* 사흘을 내리는
저문 여름 바닷가 늦은 밤
기타소리에 실린 장단은 깊어 가는데
어장아비는 없고
선술집 아낙이 내어놓은
갈치젓은 곰삭고

그가 끝내 만나지 못한 천희를
오늘 내가 그리워하며
붉은 갈색 열매 드리운 이깔나무 아래
물 맑은 샘이 있다는 마을을 어름하며
지워지지 않는 젖은 얼굴을 닦는다

갈매나무를 닮은 그 사람

* 백석의 시 「統營」(『사슴』, 1936) 일부 인용.

나의 그늘은 깊다
─페르 라셰즈*에서

안개비 자욱한 도심의 공동묘지
죽어서 산 자들과 살아서 죽은 내가
맞는 이른 아침,
길 잃은 시간들이 물방울처럼 달려 있다
빼곡히 늘어선 돌들의 무덤에서
나는 슬픔의 뼈대를 생각한다
지워지지 않는 아니
끝내 지울 수 없는 사람
그래서 더 아프고 더 슬픈
나의 그늘은 어둡고 무겁다

죽어서 산 자들을 찾아 서성이는 아침
나는 아직 이별의 방식을 모른다
여름을 잃어버린 쌀쌀한 오늘
내내 흐리고 굵은 비 쏟더니
불투명하게 젖어 있다
시작을 기억할 수 없으므로
지나간 끝을 용서할 수 없으므로

이렇게 어둡다가 날이 기울어도 좋을 것 같다
죽은 자들의 공원에서
나의 그늘은 깊다

* Père Lachaise. 파리 동쪽 20지구 주택가 옆에 있는 공동묘지로
몰리에르, 오노레 드 발자크, 쇼팽, 빅토르 위고, 오스카 와일
드, 기욤 아폴리네르, 마르셀 프루스트 등 저명인사들의 묘가
있다.

조금씩 늦거나 비껴간 골목

바람 깊은 밤, 어느 골목 어귀
불 꺼진 반지층 창문을 본다
외등 아래 앙상한 몸통을 드러낸 플라타너스에게
무성했던 잎새의 기억을 물었지만 그네는 답이 없다

저만치 서서 나는 인적 없는 창가에 귀 기울인다
그늘에 젖은 시계도 숨죽여 눈시울 붉히는 시간
그녀는 벌써 들어와서 잠이 들었을 수도, 아니
들어오기까지는 시간이 조금 더 필요할 수도 있다

나의 문은 공전의 속도로 열렸고
그녀의 문은 자전의 속도로 닫혔을 게다
한쪽이 다 열렸을 때 다른 한쪽은 끝내 닫히고 마는
푸르던 잎새를 다 떨구고 붉은 꽃을 기다리는 빈
꽃대의 시간

내 몸이 기억하는 그녀와
내 머리가 기억하는 그녀가,

더러는 비껴간 것들과 조금씩 늦은 것들이
쓸쓸하고 공허하고 아프게 뒤섞이는 텅 빈 골목

어른거리는 축축한 물기를 훔치고 등을 돌리는 순간
나는 세상의 가장 깊은 어둠에 남겨질 것이다
하여 이 골목 끝에서 다시 그녀를 마주쳤으면
아니 이 골목을 다 벗어날 때까지 끝내 마주치지
않았으면

이렇게 막막하고 이렇게 치명적인
내가 정말 잃어버린 것이 무엇인지 알 수 없는

너는 내게 너무 깊이 들어왔다

어깨에 기대어 재잘대던,
가슴속으로 끝없이 파고들 것만 같던
너를 보내고
홀로 텅 빈 옛 절터에 왔다
날이 흐리고 바람 불어
더 춥고 더 황량하다
경기도의 끝, 강원도의 어귀,
충청도의 언저리를 적시고 흐르는
남한강 줄기 따라 드문드문 자리 잡은
사지(寺址)의 옛 기억은 창망하다

숨 쉴 때마다 네 숨결이,
걸을 때마다 네 그림자가 드리운다
너를 보내고
폐사지 이끼 낀 돌계단에 주저앉아
더 이상 아무것도 아닌 내가
운다
아무것도 할 수 없는 내가

소리 내어 운다
떨쳐낼 수 없는 무엇을
애써 삼키며 흐느낀다
아무래도 너는 내게 너무 깊이 들어왔다

늙은 느티나무 한 그루 홀로 지키는 빈 절터
당간지주에 바람도 머물지 못하고 떠돈다

그해 겨울

한 사람이 가고 내내 몸이 아팠다
겨울은 그렇게 왔다
가지 끝에서부터 몸통까지
여윈 나뭇가지가 흔들릴 때마다
마른기침은 시든 몸 폐부 깊은 곳을 찔렀다
가장 깊은 곳에서부터 오는
좀체 가시지 않는 통증,
나는 미련을 놓지 않았고
나는 내내 기다렸으나
그는 끝내 돌아오지 않았다

모두들 잠든 새벽 네 시,
혼자 남은 빈 병실 창밖으로
띄엄띄엄 깊은 겨울밤을 가로지르는
자동차 전조등을 보며
아직 꺼지지 않은 불빛을 헤아렸다
그 겨울은 혹한도 폭설도 없었지만
오랫동안 물러설 줄 몰랐다

어림할 수 없는 그 끝을
견딜 수 없어, 더는 견딜 수 없어
마음을 먼저 보냈으나
봄도, 그도……

그렇게 겨울은
더 깊어지거나 기울었다

병상일기

아픈 곳이 없는데 통증을 느낄 수 없는데 병원에
누워 있다 언제 통증이 올지 모르고 통증이 오면 그
때는 응급상황이 된다고 뭐든 조기발견이 중요하다고
초음파 흑백사진을 가리키며 사람 좋은 너털웃음 뒤
로 억센 억양을 숨기는 의사에게서 멀리 남쪽 바다
갯내음이 났다

죄수복 같은 환자복을 입고 누운 병상 건너편엔 한
달째 소변기를 차고 있다며 서성이는 사내의 마른기
침이 못내 거슬렸다 아내는 자기 사주엔 과부 팔자가
없다고 애써 담담히 말을 건넨다 며칠 새 부쩍 말수
가 준 그네에게서 수줍던 시절의 비린 젖내음이 풍기
는 듯하다

별것 아니라고 이만치 썼으면 이 정도 잔고장은 당
연한 것이라고 되레 위로했지만 나는 나의 병을 모른
다 늦은 밤 창문 밖 가로등 아래 잎새 없는 앙상한 은
행나무 가지가 거세게 흔들린다 소리를 들을 수 없기
에 바람의 세기를, 흔들리는 그늘의 폭을 헤아리기는
어렵다

이 지나친 시련, 이 지나친 피로,* 나는 굳이 더 알려 하지 않기로 했다 세상이 병원이라는 생각은 20세기식이다 볕 잘 드는 이곳 창가에서 새 벗들과 그럭저럭 지내다 쿨하게 헤어지는 것이 새로운 세기의 방식이라고 믿기로 했다

아침에 눈뜨면 머리맡에 하얀 소국 한 단 있음 좋을 겨울밤이다

* 윤동주의 「병원」에서 인용.

백석과 용악을 읽는 시간

먼 바닷가에선 눈발이 날리는 새벽 두 시 이십구 분,
성에 가득한 창가를 서성이는 불면의 밤
백석과 용악을 읽는다
바구지꽃과 흰 당나귀와 나타샤를 사랑한 사람,
꽁꽁 언 시름 많은 북쪽 하늘에 차마 눈감을 줄 모
르는 사람,
가없는 북방대륙의 거센 눈포래를 뚫고
그들을 따라 끝없이 끝없이 헤맨다
두터운 바람벽도 미덥지 못한 술막에 들어
흐릿흐릿한 등불 아래 술잔을 기울이며 누군가를
기다린다
어느새 앞서 간 두 사내는 사라지고
찬바람 숭숭 드는 흙벽에 기대어
예서도 나는 잠들지 못하고,
지난여름 티베트 가는 길목 붉은 황토고원에서 만
난 장족 소녀와
무성했던 잎새를 다 떨군 날, 이별을 선언한 그네
를 생각한다

24

희미한 붉은 숯덩이 한 줌 재로 풀썩이며 화로는
식어가고
　눈물 고인 쓸쓸한 몸을 부리면 영영 잠들 것 같은
겨울밤
　다시 눈포래 치는 벌판을 휘정휘정 돌아오며
　내가 사랑했던 꽃과 나무와 지명과 사람을 차례로
불러보며
　내가 그리워하는 백석과 용악을 읽는다
　어른거리는 시행 사이로
　이제 곧 남의 사람이 될 그네가 어지러이 지나가고
　끝내는 백석과 용악과 내가,
　바구지꽃과 흰 당나귀와 나타샤와 그네가 뒤엉켜
　목 놓아 울며 겨울 강을 건너는
　어깨를 들먹이며 끝내 잠들지 못하는 이 밤

　그만하면 됐다
　겨우내 그만치 앓았으면 이젠 다 털어내도 되겠다

자작나무 숲에 들다

어둡고 춥고 습한 그리고 비탈진 땅에서
나무들의 눈부신 알몸을 보네
하얀 빛을 뿜어내는 나신(裸身)
하얀 몸통, 가지가 났던 자리마다
선명하게 검은 눈이 있네
검은 그 눈동자 젖어 있네
몇 번의 눈보라와 몇 번의 대설이 들었을
봄을 기다리는 자작나무 숲에 들어
나, 당신을 안으려 하네
오늘 검은 흉터를 끌어안으려 하네

억새 가득했던 묵정밭을 지나
다시금 삭풍 드는 임도(林道)
나, 인적 끊긴 허물어진 집에 들어
불 지펴 마른 물구지 삶고
도토리 끓이고 송기떡 빚으려네
밤 깊으면 끝내 보내지 못한 당신을 불러
하얀 국수 삶아 수줍게 내놓고

나, 당신을 안으려네
무리 지어 빛나는 나무들
상처를 딛고 곧게 서
촉촉이 젖은 검은 눈 감으리니

한 사람을 보내다

지난여름, 한 사람을 보냈다
오랫동안 사랑했으나
함께 웃고 울고 뒹굴고 부비고
더러는 행이었고 더러는 불행이었던
혹은 그 경계를 넘나들던
그를 보내고 오랫동안 아팠다

그 여름은 늦게까지 무더웠고
잠시 가물었다가
지리하게 많은 비를 뿌렸다
그리고 두 개의 태풍이 하루 차이로 지나갔다
그 흔적은 폐허였다

그 여름 초입,
라오스 국경마을에서 만난
맨발의 아이들 얼굴이 내내 어른거렸다

수호바타르광장에서
—신대철 시인께

가난한 유목민의 아들이었으나

초원 제국을 이룬 그리고 붉은 혁명을 이룬

두 명의 아버지가 지키는 울란바토르 도심 수호바
타르광장*

광장 오른편 파스텔톤 러시아식 공연장 앞에서 존
경했으나 좀체 가까이 하기 어려웠던 노시인이 환한
얼굴로 손을 흔든다 극한에서 극한으로 다시 극지에
서 극지로 삶을 맡긴 시인은 도시의 유일한 북한식당
에서 평양랭면이라도 같이해야 한다고 한사코 손을
이끌었다 수도관 공사 중이라서 평양랭면 대신 평양
에서 가져왔다는 만두와 동태찌개로 서둘러 저녁을
마치고 도심에서 가장 좋다는 쇼핑몰 2층 커피숍에
마주 앉아서야 넌지시 안부를 묻는다 느리지만 절제
된 그의 말들을 따라 몽골고원 구석구석의 삶이 우수
수 쏟아졌다

황야와 고비사막과 검붉은 산맥들

돌과 풀과 바람과 함께 떠돌았을 늑대 울음

양과 말과 야크와 흙먼지와 수태차와 더불어
수없는 고비를 넘었을 황야와 고비와 초원의 풀꽃
같은 삶들

광장엔 어느새 어스름이 내리고 사내 녀석들의 늦
됨에 대하여 어이없으나 미워할 수 없는 행태에 대하
여 갈피없이 흩어진 이야기를 추슬렀다 지평선을 찾
아 기울어가는 태양과 처음 본 구름이 펼친 초원을
아름답게 되살린 시인과 몽골에 몇 달 머물렀지만 푸
른 풍경을 잊지 못해 다시 찾아왔다는 젊은 소설가와
나란히 서서 역광을 무릅쓰고 카메라 셔터를 눌렀다
날 밝으면 멀리 동몽골로 간다며 손을 내미는 시인의
야윈 손끝에서 아득한 홉스굴호수**의 비린 냄새가
전해졌다 그를 와락 부둥켜안고 싶은 마음이 욕망처
럼 밀려왔다

고원의 강은 하나같이 북쪽 바이칼을 향해 흐른다
고 했다

북으로 북으로 흐르는 물길을 따라
시베리아대륙을 가로지르는 열차에 오른 그날 밤
한 해가 넘게 조금씩 시들어가던 몸뚱이에서
무언가 불끈하는 것을 느꼈다
그 밤, 다시 누군가를 사랑할 수 있을 것 같았다

* 몽골 수도 울란바토르 중심에 독립영웅인 수흐바타르 장군을
 기념하기 위한 광장. 광장 가운데는 말을 탄 수흐바타르 동상
 이, 그 뒤에는 국회의사당과 칭기즈 칸의 동상이 있다.
** 몽골 북서쪽 해발 1,624미터 고원에 있는 호수. 홉스굴은 '푸른
 물을 가진'이란 뜻의 돌궐어다.

들꽃의 길

사방이 산으로 둘러싸인 고원에서
북쪽으로 흐르는 강을 본다
굴참나무 숲이 있다는 테렐지언덕 너머
아리야발사원으로 가는 흔들다리를 건너면
숨기 좋은 바위동굴이 있다고 했다
구릉과 초원, 그 너머에 황야와 고비
하얀 게르들 들꽃처럼 곳곳에 피어 있다
날로 고비를 닮아가는 황량한 들판
하늘과 땅이 맞닿은 끝에 다다르면
더 먼 곳으로 물러나 있을 지평선
끝없이 말달리던
들꽃 닮은 그을린 검붉은 얼굴들

돌과 풀과 모래와 먼지 가득한
수없이 지나가고 지나온 말발굽 소리
빈 들에 사람을 부르고
다시 사람마저 품어 풍경이 되는
평원에 햇살 내리고 바람 들더니

그 밤, 계곡과 벌판으로 별들 무수히 쏟아졌다
패랭이 쑥부쟁이 에델바이스 말발굽입술꽃……
형형색색으로 번지는 이름 없는 들꽃들
대륙을 초원의 역사로 물들여 마침내
하늘빛이 된 무명의 사람들
길 없는 초원의 길을 유장하게 흐르는
들꽃들 사람들 그 길들

시베리아 횡단열차 1

먼 북방의 시원 바이칼호로 가는
몽골의 북쪽 마지막 국경도시 수흐바타르의 밤
흐릿흐릿한 열차 실내등 아래로 졸음이 밀려들고
칠흑의 어둠 속 창밖으로
손전등에 딸린 인적만이 이따금씩 오간다
뼛속까지 스미는 한기가
불현듯 치미는 슬픔을 불러오는
한여름 시베리아벌판 국경의 밤
좀체 움직이지 않는 차창에 어린
낯익은 얼굴, 아득한 시절의 내가 있다

북방의 산과 강과 짐승과 나무와 친구 들이 붙들던
그 말들을 그 아쉬움을 그 울음을 뒤로하고
먼 앞대로 더 먼 앞대로 내려온
아득한 옛 하늘 옛날의 나를 찾아가는 길
셰퍼드를 앞세운 군인들의 수색과 검문이
지루하게 이어지는 삼엄한 국경의 밤
침대칸에 누워 혹은 복도를 서성이며

나는 북으로 북으로
바이칼의 가장 깊은 알혼섬*으로 걸음을 재촉했다

그 밤, 아득한 시절부터의 무수히 많은 나와 또 다
른 내가
별빛을 따라 울며 혹은 울음을 삼키며
시베리아벌판을 건너가고 건너왔다

* 바이칼호에 있는 섬 중에 가장 큰 섬으로 샤머니즘의 성소로 불
  리는 부르한 바위가 있다.

시베리아 횡단열차 2

밤새 시울던 별들도 얼굴을 흐릴 무렵 열차는 마침
내 러시아의 변방 국경도시 나우슈키를 떠난다 멀리
바이칼이 유일하게 흘려보내는 앙가라강이 보이는 듯
하고 나를 닮은 또 다른 내가 아직 무리를 이루고 산
다는 울란우데를 지난다

나는 잠들지 않는 시간을 생각한다
눈보라에 숨어 국경을 넘나든 사람의
시퍼렇게 얼어간 시름의 시간을 떠올린다
모진 바람이 실어 오는 국경 건너의 소문에
귀 기울이던 유령의 시간에 눈을 감는다
흐린 등잔불 아래 혹은 십오 촉 전등 아래
웅크려 떨던 기억은 흐리고 아득하다

북북서로 대륙을 종단하던 열차는 드디어 서쪽으로
서쪽으로 거대한 시베리아 평원을 가로질러 달린다
강줄기는 어디로 갔나 어느새 차창 오른편으로 바이
칼의 풍경이 끝없이 이어진다 빽빽한 자작나무와 전
나무와 이깔나무 숲, 들과 구릉과 지붕 낮은 집들, 거

대한 호수에 깃들어 사는 물고기들 새들 짐승들 그리
고 사람들

이 강을 이 산을 이 황야를 그리고 이 길을
얼마나 많은 사람들이 건너고 넘었을까
수흐바타르나 하얼빈 혹은 블라디보스토크에서
나우슈키 울란우데 슬루지얀카 이르쿠츠크 크라스
노야르스크 노보시비르스크 옴스크 예카테린부르크
그리고 우랄산맥 혹은 그 너머까지
하늘 아래 가장 광활한 평원 시베리아
녹슨 철로에 몸을 실은 사람들
그 붉은 이름들이 흘러간다
징용이었을까 독립이었을까 혹은 혁명이었을까

눈부신 아침 햇살이 산란하는 바이칼을 따라 열차
는 쉼 없이 내달리고 화장실 변기는 침목 위로 아무
망설임 없이 오물을 쏟아낸다 벌목장이었을 듯한 침
엽수림 주변에 야생화 가득하다
오늘밤 나는 지평선 끝에서 목 놓아 울 것이다

숲에 드니 숲의 상처가 보인다

바이칼로 가는 눅눅한 여름의 끝자락
울울창창 자작나무 이깔나무 전나무 적송
장엄한 숲에 드니 비로소 숲의 상처가 보인다
가지가 꺾이고 몸통이 휘고 부러지고
끝내는 쓰러진
상처투성이의 북방 침엽수림에서 나를 본다
혹독한 겨울의 잔해를 떠안은 설해목들
숲은 서늘한 사랑으로 모두를 끌어안고 있다
하얗고 붉은 밑둥치에서 우듬지까지
진진초록으로 뒤덮어 어루만지며
그렇게 수많은 상처를
무수한 날들과 계절을 품고
마침내 숲이 되었을 게다
더 높이 더 촘촘히 그리고 더 의연하게

바이칼

바다를 닮은 호수 아니
사람들이 바다라고 부르는 호수
파도치듯 물살이 넘실대는 저편으로
낡은 고깃배 한 척
우리가 있기 전에 우리가 오고
우리가 있기 전에 우리가 그리워한 곳*
고비를 닮아가는 벌판 지평선 아래
운명에 깃들어 사는 사람들의
그 섬에 네가 있다
숨 쉴 때마다
거리거리마다 네가 있다
하여 나, 아무것도 할 수 없다

다시 어느 높고 쓸쓸한 곳을 가야 한다면
나, 당신과 가야겠다

* 신대철의 시 「바이칼」에서 인용

바이칼 사람들

숲과 초원과 황야, 구릉과 지평선을 품은
시베리아대륙의 남쪽
바다라고 부르는 은빛 물결이 일렁이는 바이칼
흘러간 시간과 삶이 층층이 화석으로 쌓인
알혼섬 후지르마을에 백야도 깊어
어느새 별들 밤하늘에 여울지다
북두칠성과 카시오페이아가 낮은 목소리로
섬과 숲과 호수의 정령을 부르는 북방의 밤
장작 더미에 피워 올린 모닥불을 에워싼
나와 나를 닮은 사람들, 푸른 눈망울의 사람들
삼백서른여섯 개의 물줄기를 받아들여
단 하나의 물길로 흘려보내는
이들의 몸에는 하나같이 은빛 물살무늬 피가 흐른다

서늘한 여름밤 한기에 눈 감으니
혹한의 눈 속에 파묻힌 길을 더듬으며
걸음을 재촉하는 사람들이 있다
회색 하늘 속으로 쏟아지는 눈보라를 뚫고

송화강과 아무르강을 건넌 사람

음산과 대흥안령을 넘은 사람

은빛 빙원을 밝히는 모닥불을 둘러싸고 언 몸을 녹
이는

거대한 바이칼에 깃들어 사는 사람들

눈 내린 겨울 벌판에 다시 또 눈 내리는데

늑대가 울고, 곰과 호랑이 우는 소리 멀지 않다

얼음장 갈라지는 소리

당나귀 방울소리

흐느끼는 울음소리 선명하다

2부

그날

그날, 텔레비전 앞에서 늦은 저녁을 먹다가
울컥 울음이 터졌다
멈출 수 없어 그냥 두었다
오랫동안 오늘 이전과 이후만 있을 것 같아
밤새 잠을 이루지 못했다

그 밤, 다시 견디는 힘을 배우기로 했다

늦게 핀 꽃들의 그늘

그 겨울에서 봄은,

내내 눈이 많았고 봄의 절정을 넘어섰어야 할 무렵
에도 꽃은 피지 않았고 눈보라가 쳤다 서쪽 바다에선
거대한 물기둥이 솟아올랐다고 했고 진위를 알 수 없
는 무수히 많은 말들이 오랫동안 날카롭게 부딪치다
흩어졌다 사람들은 잊었던 암울한 기억을 떠올리며
다시 두려워하기 시작했고 봄은 좀체 올 줄 몰랐다

서늘하고 훈훈한 바람 뒤섞인
5월의 저물녘
미처 가지 못한 계절과
아직 오지 못한 계절이 서성인다
며칠 전까지 날리던 굵은 눈발의 기억,
허리 굽은 고목 우듬지
밤새 수런대고
수상한 바람 들고나더니
산벚나무 환한 꽃잎 아래로
하얗고 노랗고 붉고 푸르스름한

들꽃망울 시새워 무리 지었다
차례로 피고 지고 흘러갔어야 할
꽃들이 뒤엉켜
봄도 여름도 아닌
여윈 산기슭에 연둣빛 물오르다

늦고 더디게 오는 것들
서둘러 오는 것들
그리고 제때 오는 것들이
산자락에서 산마루까지
뒤섞여 군락을 이룬 산그늘 아래
부를 이름을 몰라
잠시 길을 잃었다

호랑나비 한 마리
갈 곳 몰라 빙—빙— 배회하고 있다

도심의 저녁 식사

하오 일곱 시 반,
아직 어둠이 오지 않은 여름 저녁
텅 빈 식당에서 혼자 밥을 먹는다
청진동은 오랫동안 재개발 중이고
창 너머 젖은 하늘 아득한 곳의 타워크레인을 본다
소금꽃 주렁주렁 열린 소금꽃나무를 꿈꾼 사람
처녀 용접공에서 해직 노동자가 되고 투사가 된 사람
계절이 세 번 바뀌어도 끝내 허공 속에 머물고 있는
이 세상에 있어도 없는 혹은 없어도 있는 사람
해고는 살인이라며 울먹이는
전 여당 대선 후보의 눈물엔 감동이 없고
나는 어느새 식은 국밥의 굳은 기름을 걷어 낸다
지난여름 영영 떠나간 하얀 그네 얼굴
일찍 떠난 아버지를 점점 빼닮아가는 누이 얼굴
주름이 더 늘어 늙수그레해진 창틀에 비친 낯익은
얼굴
저물녘 텅 빈 식당 한켠에 구겨져 앉은 그림자 하나
삼켜지지 않는 입안 가득한 밥을 씹는다

홀로 마주한 밥상의 서걱거리는 밥알들
씹다 만 깍두기처럼 겉도는 말들
떠도는 말들과 부유하는 진실을 삼키는
여름날, 목메는 도심의 저녁 식사

한 소금꽃나무에 관한 연대기

스물하나,

시내버스 안내양 대신 최초의 여성 용접공이 되다

스물둘,

아침 조회 시간 등짝에 하나같이 소금꽃을 피우며

주욱 나래비를 선 소금꽃나무들을 보고 서러워 울다

스물여섯,

불꽃을 뿜어내던 손으로 어용 노조를 규탄하는 유

인물을 돌리다

그리고 해고 노동자가 되다

……

마흔셋,

농성 129일째, 음식을 올려주던 줄에 목을 맨

동료 노동자의 주검이 놓인 타워크레인 85호에서

가슴으로 울다

그 후로 한 번도 자신의 방에 보일러를 켜지 않다

쉰하나,

어느새 듬성듬성 서리 내린 하얀 머리를 이고 혹한

의 빈 하늘로 오르다

겨울 봄 여름 그리고 가을 몇 차례 희망버스가 다

녀가다

　절망과 희망, 분노와 사랑이 뒤엉켜 먹먹해진 가슴
으로

　하얗게 꽃피운 소금꽃나무 나래비를 염원하다

　부산광역시 영도구 봉래동 한진중공업 영도조선소
제85호 타워크레인

　지상 50미터 허공, 한 평 남짓 작은 운전실에서의
200일하고도 훨씬 더 많은 날들

　그네를 그곳에 오르게 한 건 그곳에 목숨을 묻은
두 명의 노동자였지만

　그네를 단련시킨 건 죽은 척한 사람들, 그리고 침
묵으로 일관한 사람들이었다

　……

　밟지 마라,

　꽃이다

　생명이다

　희망이고 사랑이다

　이 모두를 품은 사람꽃이다

희망버스

다시 여름,

내내 비가 쏟아졌고

저녁을 훨씬 넘은 시간에도 흐렸지만 날은 기울지
않았다

보름 가까이 비가 계속되자

이제 장마라는 말 대신 우기라는 말을 써야 한다는

출근 시간 라디오 인터뷰 기상청 고위 예보관의 말
꼬리는

단언할 수는 없지만, 이란 대목에서 무디게 흘러갔다

비에 젖은 그 여름

삼수 끝에 동계 올림픽을 유치해내고 말았다는 그
밤의 환호도

예술의전당을 에워싼 우면산이 무너져 내린 탄식도

흙더미에 갇힌 마을과 아파트 이름을 끝내 밝히지
않은 뉴스도

그렇게 빗속에 젖어가고

사람들은 하나둘 희망이라는 이름을 붙인

부산 영도행 버스에 몸을 실었다
촛불을 밝혀 하얗게 밤을 나던
장엄했으나 지리했던 그 여름을
추억하는 이들과 두려워하는 이들은 저마다
다시 무수한 말들을 쏟아냈다
다시 광화문에서 나는 여전히 망설였다
다시 여름이 두려웠고 가슴이 울렁였다

영도다리를 건너며
구슬픈 유행가 한 구절을 읊조렸고, 나는
이내 기적을 떠올렸다
경영난에 빠진 위기의 회사를 살리기 위해
필리핀으로 조선소를 옮겨 짓지 않으면 안 된 고뇌
와 결단과 예지를,
400명의 노동자를 정리해고하면서도 170억 원을
배당한 마법을,
3년간 한 척도 수주하지 못한 회사가
분쟁 타결 사흘 만에 여섯 척이나 수주하는 이 놀

라운 기적을,

  누가 죽었는지 모른다고 그래서 상가에 가보지 못
했다던

  죽은 척했던 사람이 다시 살아나는 놀라움을,

  이 할렐루야를

  이 아미타불을

  이 자본주의의 이적을

  나는 왜 믿지 못하는가

  굵은 빗줄기를 그으며 버스에 몸을 싣고

  멀리서부터 멀리서부터 모여드는 사람들을,

  수십 년 이래 가장 혹독한 겨울이 엄습한 신년 벽
두부터

  수십 년 이래 가장 오랫동안 비에 젖은 그 여름이
기울도록

  지상 50미터 타워크레인 운전실에서 끝내 내려오
지 못하는

  이 불가해한 미스터리를

  크레인에 파란 싹이 돋기 시작하더니, 점차 무성해

지더니 안전 계단의 손잡이들이, 붐대의 철근들이 구불구불 나무줄기로 변하더니, 아, 몇천 년은 자랐을 법한 거대한 나무가 되는, 시원한 나무 그늘이 생기더니, 운전실이 어여쁜 원두막으로 변하는* 꿈을 꾸는 그네의 불가사의한 판타지를

　　왜 나는 슬퍼하는가

　　희망을 실은 네 번의 버스와 함께
　　여름은 기울고
　　여기저기 수런거리는 말들이 지나가고
　　그네는 끝내 내려오지 않고
　　희망은 길을 잃고
　　절망을 희망으로 바꾸고 싶은 사람들만 남은
　　젖은 여름 뒤에 어슬렁거리는 늦더위
　　출근 시간 라디오 인터뷰에서
　　이제 계절을 구분 짓기보다는
　　예측하기 어려운 기상을 걱정해야 한다는
　　기상청 예보관의 말소리가 뿌옇게 흩어졌다

* 『프레시안』 2011년 7월 28일 자 김진숙의 기고문 「여럿이 함께 꾸는 꿈… 의연하게, 끝까지 함께!」에서 발췌.

봄날, 장례식장 가는 길을 묻다

이른 봄비 내리고 꽃샘으로 잔뜩 움츠린 날 아침,
나는 좀체 마음의 갈피를 잡지 못했고
한 사람의 부고를 받았고
남쪽에선 큰 폭발 소식이 숨 가쁘게 들려왔다

스무 살, 늘 강의실 밖에 머물던 그의 말은 서늘한
파편이 되어 쏟아졌고 그때마다 교정은 뿌연 연기 속
으로 흐려졌다
강철 같고 바위 같고 산 같았던, 세상의 가장 아름
다운 꽃은 민중을 위한 정치라던, 그리고 오랫동안
내 가슴에 담아두었던 여학생의 남편이 된, 존경했으
나 두려웠고 끝내는 같이 갈 수 없었던
그의 마지막 기착지 포천장례식장을 찾아 나섰다
그와는 다르게 나무같이 살기로 한
그러나 어느새 굽고 휘고 비틀린 몸을 실은
내비게이션 없는 낡은 승용차는
시계를 넘자마자 길을 잃고
지난겨울 돌연 이별을 통고한 그녀의 집 언저리를

배회했다

　　—나는이길이끝나면낡았지만정든차의엔진을떼어
버려야할지도모른다

　어느새 누군가를 기다리기엔 짧은 봄날은 기울어

　어둠이 둘러싼 백성이 즐겁고 편안한 마을 의정부
시 민락(民樂)동,

　한때는 오동나무 가득한 들판이었을 인적 끊긴 아
파트 공사 현장

　민락2지구에 서민을 위한 보금자리주택이 들어선
다는 검은 글씨와

　보금자리주택은 서민의 둥지가 아니라 파탄이라는
붉은 글씨

　플래카드가 나란히 펼쳐졌다

　그 검은 틈새로

　잊히지 않는 아니 끝내 지워지지 않는 얼굴이 지나
가고

　이 들판에서 나고 자라고 사랑하고 헤어지고 아프
고 늙고 죽은

사람들이 하나둘 스러졌다

　라디오에선 제주도 앞바다의 발파 소식을 정시마다
반복했다

　강정마을 구럼비 통바위 틈새에 재어 놓은 폭약을
터뜨리기 시작했다고

　아름답고 기이하고 거대한 바위 곳곳에 혈맥처
럼 뻗은 수맥에서 생수가 솟아 이룬 맑은 물웅덩이
에 작은 희귀종 수생식물들이 꽃을 피우고 동물들
과 새들이 모여 사는 마을, 그 바위습지가 파괴되
고 붉은발말똥게 제주새뱅이 맹꽁이 돌고래 들이
죽어가고 갈 곳이 없게 되었다고……

　구럼비 바위는 제주에서 흔히 볼 수 있는 까마귀
쪽나무가 자생하는 보존가치가 낮은 해안 노출 용
암바위라고, 붉은발말똥게 서식지는 바로 옆에도
있고, 전형적인 바위습지는 서쪽으로 조금 더 가면
안강정에 있다고, 나라를 위한 해군기지 건설을 더

는 늦출 수 없다고……

다시 부딪치고 뒤엉키고 흩어지는 말
끝내는 날카로운 흉기가 되어 서로의 몸통을 겨누
는 말들 속에
잘못 든 길에서 헤매다가 간신히 찾은 어둠 속 43번
국도

어느새 깊어가는 이 밤
나는 포천장례식장을 찾아갈 수 있을까
찾아 말할 수 있을까
이제 용서했다고 화해의 손을 내밀기 위해
나 먼 길을 돌아 오늘에야 당신에게 왔다고,
당신의 부재가 너무도 큰 그루터기가 되어
나 아무것도 할 수 없었다고,
수십만 년의 시간을 아무 일 없이 살아온 바위를
그와 더불어 혹은 그에 깃들어 살아온 것들을 제발
그냥 놔두라고
아직 하지 못한 그 말들을 할 수 있을까, 나는

피맛길을 보내다

21세기가 열리고 10년이 더 지났어도
개발의 꿈은 그칠 줄 몰라
가장 넓은 길을 뒤로하고 광장이 된 광화문 세종로
길은 막히고 소통은 뒤엉켜 있어도 이벤트는 계속
되지
끝없이 꼬리를 무는 자동차 밀려드는 사람 사람들
그런데 이젠 모든 걸 다 비우겠대
광장의 미래는 아무도 몰라

몇 해 전 시작된 종로구청 앞 청진동 재개발은 아
직도 진행 중이야
세종로와 종로가 만나 교보문고 앞길에서 시작되는
피맛길은 이젠 없어
아랫자리들의 허기와 목마름을 달래던
비린 생선 굽는 냄새, 빈대떡 부치는 고소한 돼지
비계 기름내, 마늘과 생강으로 시뻘겋게 볶은 얼얼한
낙지볶음, 파이고 찌그러든 낡은 식탁, 손때 묻고 이
빨 빠진 술잔과 그릇들, 수많은 사람들이 빼곡히 남

긴 낙서 가득한 벽

　6백 년 곰삭은 도심의 그 작은 골목이 어느날 사라
졌어

　유난히 춥고 눈비 많은 궂은날이 계속되던 겨울도
　잠시 숨을 돌린 봄날 같은 2월의 며칠
　꿋꿋이 피맛길 초입을 지키던 청일옥마저 문 닫고
　생선구이 집 대림식당이 '피맛골의 곡'이란 방문을
내건 날
　플라스틱 가설 펜스가 가로막은
　작은 뒷길의 역사는 그렇게 끝났어
　더러는 거대한 르메이에르 종로타운으로
　더러는 다른 곳을 찾아 뿔뿔이 흩어지고
　더러는 길과 함께 사라지겠지
　열차집 함흥집 남도식당 고바우집 삼원집……
　이름만 남고 체온이 사라진 흔적과 형해들이
　박물관으로 들어가겠지

3월 하순에도 연이어 내리는 폭설과 대설주의보
몽골고원에서부터 한반도를 넘어 열도까지 뒤덮은
눈 섞인 비와 추위가 부르는 황사 속에
안타깝고 아쉽고 서글프다고?
그래도 우리는 다시 꿈을 꾸지
무너뜨리고 부서뜨린 자리 위에 세운
눈부신 재개발의 대역사가 반복해서 부르는
너무도 낯익은 그 이름
'옛 모습 복원'

어떤 시인

그는 숲이다
소나무는 소나무로
느티나무는 느티나무로
자작나무는 자작나무로
교목과 관목
활엽수와 침엽수
잡목과 들풀까지도
어느 것 하나 빠지지 않고
그에게서 큰 숲이 된다
모여서 마침내 거대한 숲이 된다

그는 강이다
백두고원에서 발원하여
북관과 관서
백두대간과 삼남을
유장하게 굽이치며
누구도 가지 못한 물길을 연
격류하는 큰 강이다

그는 바람이고 산이고 강이고 바다다
그러나 그가 끝내 내려놓지 못한
등짐 같은 '나'의 유령은 슬프다

나는 더 이상 울지 않기로 했다

됐심더

　가난하고 쓸쓸하게 살았지만 소박하고 섬세하고 애련한 시를 쓰는 한 시인이 선배 시인의 소개로 고고했으나 불의의 총탄에 세상을 뜬 영부인의 전기를 썼다 불행하게 아내를 잃은 불행한 군인이었던 대통령이 두 시인을 안가로 초대했는데 술을 잘 못하는 풍채 좋은 선배 시인은 그저 눈만 껌벅였고 왜소했으나 강단 있는 두 사내가 투박한 사투리를 주고받으며 양주 두 병을 다 비웠다 어느 정도 술이 오르자 시인의 살림살이를 미리 귀띔해 들은 대통령이 불쑥 물었다

　"임자, 뭐 도울 일 없나?"
　잠시 침묵이 흐르고 시인이 답했다
　"됐심더"

　강과 바다가 만나 붉게 타오르는 강어귀 언덕에서 가난 섞인 울음을 삼키던 여학교 사환이었던 소년은 꿈꾸던 시인이 되어서도 그렇게 일생을 적막하게 살았고 만년을 쓸쓸히 병마에 시달리다 눈을 감았다

이발소 그림

삶이 나를 속일지라도 아니 삶이 나를 속인다 해도
나는 이발소에 간다
이곳저곳 얼룩지고 벗겨진 거울, 오래된 빗과 가위
가 있는
뒷골목 평화이발관

성자께서 열두제자와 나누는 최후의 만찬
'오늘도 무사히'를 간절히 비는 어린 소녀의 경건
한 얼굴
전나무 울창한 숲에 둘러싸인 시원스레 쏟아져 내
리는 폭포
금빛으로 물드는 전원에 물레방아 도는 아담한 초
가집 한 채
십여 마리가 넘는 새끼 돼지들에게 젖을 먹이는 어
미 돼지
우리의 바람과 꿈을 이토록 정교하게 대량으로 모
사해내는
삶과 예술이 때론 어설프게 때론 절묘하게 만나는

희망공작소 그림들의 안녕과 풍요를
누가 이발소 그림이라고 이름 지었을까
이 그리운 풍경과 삶을 누가 싸구려 통속이라 했을까

어떤 삶이 고단한 당신을 속였는가
하여 우울하고 슬퍼하고 노여웠는가

시퍼렇게 날이 선 면도칼 아래 하얀 목을 맡겨두고도
곤히 잠을 청하는
평화이발관 그림 아래 안식
빨갛고 파랗고 하얀 낡은 삼색 표시등
하루 종일 털털거리고 도는
저렴한 그러나 대담한 선과 원색의 색채가 내뿜는
아우라가 깃든 내 첫번째 미술관

출새곡(出塞曲)

제 땅이었지만 소수로 사는 청색도시의 사람들

그들을 위한 거대한 현대식 대역사는 내몽골 박물원

아득한 시절 황하 지류 대흑하 이북의 대륙

고원과 사막과 초원에서

풀 뜯고 양 치고 말달리던 이들은,

그들과 함께 달리고 겨루고 빼앗고 빼앗기고 울고
웃던

흉노 거란 선비 유연 여진 돌궐 회골 만주 그리고

고구려의 흔적은,

그 일렁이는 뜨거운 피는 없다

어마어마하게 큰 그러나 곳곳이 비어 있는

고생물전시실 문화재전시실 역사전시실 근현대전
시실……

거친 북방을 호령하며

끝없이 끝없이 대륙을 내달렸으나

이제는 말도 성씨도 피도 기억도 아득한

오로촌 퉁구스 마네길 비랄 그리고 솔론

청총(靑塚) 위로 기러기 울어 나니
인적 없는 변방에 비파소리 그립다

초원의 길

1

초원의 역사는 길이다
동북고원의 초원에서 사막을 건너
대륙의 서쪽 끝 혹은
그 너머 아득한 길을 연
어디도 길이고
어디도 길이 아닌
끝없이 이어지는
풀과 키 작은 나무들과 구릉
검은 흙과 풀, 모래와 바위의 대평원에
말과 낙타와 양과 사람 들이
길을 열고
그 길이 다시 길을 열어
사람을 이끌고 시간을 빚는

2

끝없이 말달리는
대지를 닮은 사람들
사막과 초원을 품은
하늘을 닮은 검은 대지
구름의 그림자 드리운
사람을 닮은 하늘 아래
사방으로 열린 맨 처음의
대륙을 닮은 대초원
그 지평선은 둥글다
멀리 푸른 구릉 아래
청백의 하다를 두른 게르
열린 천장 안으로
하얀빛 둥글게 들었다

3

오늘 밤
멀리서 달려온 별들
한가득 쏟아지겠다
한바탕 뇌우가 지난 후
적막하던 벌판
빛으로 사람으로 이야기로
가득해 부산하겠다
먼 곳에서부터 발원하여
굽이굽이 흐르는 사행천
풀과 대지와 사람을 적시고
천천히 천천히
더 먼 곳으로 흘러간다
아득히 흘러 길이 된다

여름 초원

초록도 힘에 겨워 누렇게 시드는 여름
고비가 되어가는 초원의 고비
가는 비에 젖다
뒤이어 풀썩이던 대지와
맞닿은 검은 하늘이 토해 내는
콩알보다 굵은 우박
천둥과 번개, 비와 우박이
알몸으로 뒤엉킨 한낮 들판의 정사(情事)
……
다시 초록을 머금은 벌판에
무지개 오르더니
붉은 금빛 노을 지고
멀리 지평선 아래로 석양 기운다

풀더미 가득 싣고 털털거리는
늙은 낙타를 닮은 낡은 트럭을 따라
시베리아고원에서 온
혹독한 겨울이 설핏 지나간다

칸은 어디에 있는가

비와 우박, 천둥과 번개가 뒤섞인 태초의 혼돈 같은 벌판
혼재하고 중첩되는 고구려와 거란과 원의 먼 기억을 지나
건너뛴 세월을 파헤친 희미한 흔적 원중도(元中都)
황궁터를 붉은 금빛으로 물들이는 노을 아래
바람 불고 구름 흐르고
무리 지어 흔들리는 풀과 억새와 키 작은 나무들에게
제국의 마지막을 묻는다

카라코룸에서 베이징까지
끝없는 초원의 제국을 잇는
고원에서 대륙을 향한 여름
마침내 굵은 빗줄기 울음으로 서다

꺾이고 에두르고 돌며 초원을 적시는 사하천(蛇河川) 오르혼

걷기보다 말타기를 먼저 배운
그 계곡의 소년에서 모굴이 되고 차가타이가 되고
마침내 초원과 사막, 광활한 산맥과 강을 지배한
광활한 제국의 아버지가 된 테무진 칭기즈 칸
그리고 우구데이, 구유크, 뭉케, 쿠빌라이, 테무
르……
그 뒤를 따른 수많은 유목 전사들

시베리아와 동북대륙을 넘어 끝없이 말달리던
대원울루스, 차가타이울루스, 티무르조, 조치울루
스를 일군
수많은 예벤키*는 어디로 갔는가
그들의 칸은 어디에 있는가

지평선 너머 깊숙이 태양은 떨어지고
검은 흙과 바위와 초원이 전부인 드넓은 평원
혼몽의 짧은 여름밤
하늘 가득한 별들이 수군거리며 몸을 섞는다

* Evenki. 시베리아와 중국 동북지구 북부에 사는 민족을 가리키
는 러시아어.

암장(岩葬)

마르고 거친 땅 고비
그리고 메마른 풀떼기들이
드문드문 혼재하는
혹은 경계를 이룬
사막을 닮아가는 초원
초원을 닮아가는 사막
하얗고 푸른 청다를 두른
돌로 쌓은 오보*에 쏟아지는
눈부신 빛과 하늘과 평원
게으른 타스** 한 무리
고원의 돌산 위를 날다

이 밤 마른 바람에 몸을 씻어
볕 잘 드는 바위 위에 널어 두어야겠다
가벼워진 몸으로 쌍봉낙타에 올라
별을 따라 서걱이는 고비를 건너야겠다

* oboo. 몽골식 성황당.
** tac. 몽골 지역에 분포하는 대형 독수리.

3부

옛길에서 눈을 감다

어느새 꽃은 지고 울울창창 초록만 우거진
거대한 협곡 아스라한 절벽에 옛길이 있다
도무지 길이 있을 것 같지 않은 그곳에
사람 하나 말 한 마리 줄지어 간신히 지났을
길을 내고 그 길로 떠나고 그 길로 돌아온
얼굴이 검은 옛사람
그 사람 간 곳이 없다
물오른 아름드리 버드나무 그늘에 들어
이 길에서 피고 진 오랜 날들을 헤아렸다
질끈 눈 감으니
아득히 물소리 흐르고
길을 버리니 다시 길이 열린다

스스로 깊어지고 스스로 부드러워지는
강과 산과 돌과 나무들……
하여 더는 가지 않기로 했다

하늘길의 사람들
—차마고도 1

이 길의 역사는 사람이다
산이고 강이고 협곡이고 고원이다
서로 경계를 지으며 고원과 대륙이 만나는
첩첩이 그리고 아득히 가파른 산맥으로 흐르는
히말라야산맥 줄기 여기저기 경이로운 삶이 있다
구름 아래로 발원하는 거대한 세 개의 물길
거대한 그러나 이름 없는
계곡에서 계곡으로
설산에서 설산으로
강에서 강으로
마을에서 마을로
실핏줄처럼 만들고 이어온 길 위에
피고 지고 다시 피었다 진 사람들
회족이고 태족이고 이족이고 백족이고 묘족이고 장
족이고 납서족이고 합니족이고 수족이고 와족이고 독
룡족이고 또 노족이고 납호족인
너이고 나이고 우리인
토번이었고 변방이었고 티베트였고

혁명의 성지였고 불안한 자치주이고 고원이고 대륙
인 이곳
　말과 차와 소금을 따라 오고 간 퍽퍽한 발길들
　검게 그을린 말간 얼굴들

　아름다운 그러나 너무도 가혹한 길의 기억을 찾아
　아직도 만인총 위에 울고 있는
　머리털과 눈썹과 수염이 온통 하얀 팔 꺾인 신풍의
노인*에게
　무명의 사람들, 그 삶들이 서사인 길을 묻는다

　* 백거이의 시 「新農折臂翁」의 請聞新豊折臂翁에서 인용. 오지 운
　　남에서 큰 전쟁이 일어났을 때 징병을 피하기 위해 돌로 쳐 자
　　신의 팔을 꺾었다는, 신풍에서 온 노인에 관한 구절이다.

고원의 아침
—차마고도 2

온통 눈 덮인 황량한 고원
가쁜 숨을 헐떡이며 맞는 아침
길의 흔적은 선명하고 기억의 경계는 아득하다
이른 아침, 검은 쇠솥을 걸고
가득 채운 물에 찻잎을 넣어 우린
수유차 따르는 맑은 소리
추위에 곱은 티베트 장족 여인의 손등을 타고 번지다

천만이 나갔으나 돌아온 이 없다던
운남과 티베트 설산 사람들을 닮은 흑차 내음
산기슭 저만치서 꼬리를 물고 피는 꽃무리같이
있는 듯 없고 없는 듯 맴돌다

만년설산
—차마고도 3

　히말라야산맥의 동쪽 끝 고원 분지도시 대리, 바다
같은 호수 이해(洱海)를 품은 점창산(點蒼山)의 머
지않은 과거는 만년설산이지만 이제 사람들은 대리석
만을 기억합니다 한여름에도 깊이를 알 수 없는 수
평방킬로미터의 꽁꽁 언 빙하를 머리에 하얗게 두른
그 영험한 기상과 전설들은 자꾸 멀어져 기억에서 가
물가물합니다

　　귀를 닮은 호수에 바람 불고
　　하얀 달과 별과 설산이 드리우는 그림자
　　날 밝으면 온통 꽃을 뿜어내어
　　몸살을 앓는 산기슭 꽃자리
　　눈 덮인 거대한 협곡과 산맥을 넘는
　　하늘 아래 가장 높고 아스라한
　　낭떠러지 비탈길을 따라
　　차와 소금을 실은 말과 노새를 끄는
　　마지막 마방들

만년설은 서쪽 소금호수 길을 간 사람들을 따라 가서 잠시 겨울에 다녀가기도 하고 머지않아 다시 오지 않을 것 같다고 합니다 이제는 아주 옛날부터 윤기 흐르는 돌덩이를 채굴해온 광산만이 곳곳에 여전합니다

사라진 마방
—차마고도 4

히말라야산맥 자락 고원마을 하얀 집,
거대한 고원에 기대어 사는 사람들의
출발지이자 회귀처였을 마방은 비어 있네
밤새 등불 밝혀 짐 꾸리고
사랑하고 이별을 고하며
싸한 아침 이슬을 밟으며 먼 길을 떠난
납서족 사내의 검은 얼굴들 어른거리는데
서쪽 소금호수를 향한 끝날 것 같지 않던
차와 말과 사람의 시간은
오는 이도 가는 이도 없는
낡고 허름한 마방박물관으로 멈추어 있네

마지막 마궈토*는 어디로 갔을까
돌로 놓은 옛길 어느 모퉁이 운남 마방
낡은 현판에 빛바랜 붉은 글씨로 남아 있네
커다란 물 항아리가 똬리 튼 좁은 마당
삐걱거리는 계단을 타고 오른 목조건물
먼지 가득한 텅 빈 방엔

세월의 더께가 쌓인
노신(路神) 산신(山神) 교신(橋神) 위패만이
녹슨 향로를 앞에 두고
길과 산과 다리를 누볐을
마방의 흔적을 힘겹게 지탱하고 있네

누구일까
서쪽으로 혹은 남서쪽으로
소금호수를 향한 끝없는 하늘길을
맨 처음 연 사람은

* 마방의 우두머리

인상여강(印象麗江)
─차마고도 5

만년설을 두른 열두 개의 봉우리, 여강 옥룡설산은 납
서인들이 무한히 숭배하는 성지이자 낙원입니다. 사
철 꽃이 피고 고통과 슬픔이 없으며 백록(白鹿)을 말
로 쓰고 홍호(紅虎)를 쟁기 끄는 소로 부리며 꿩이 새
벽을 알리고 여우를 사냥개로 썼다는 이곳은 연인들
의 아름다운 영혼이 사라지지 않는 순정의 산입니다.

　지상에서 가장 높은 설경 공연장을 뒤로하고 오르
는 설산자락, 귀가 먹먹하고 걸음을 뗄 때마다 턱밑
까지 차오르는 거친 숨결을 따라 너무도 무력한 한계
와 그것을 뛰어넘는 초극의 의지가 밀려오고 또 밀려
갑니다 지상에서 가장 높은 곳에 있을 법한 라마사원
앞에서 가쁜 숨과 무거운 몸을 추스르는데 문득 한눈
에 가슴을 철렁하게 하는 하얀 얼굴의 처녀가 수줍게
다가와 곱게 접은 손편지를 쥐여주곤 달아나듯 총총
히 뒤태를 감춥니다
　사랑, 그 서늘함이 번뜩 지나갑니다
　빗나갈지라도 이 철렁하는 그늘이 다시 올 것 같지
않아 아니 이것이 이 길의 사랑이 아닌가 싶어 그냥
한참을 서 있었습니다 바람을 타고 흔들리는 형형색

색 룽다는 사원 뒤에 풍경처럼 펄럭이고 환한 얼굴 그녀가 사라진 그 너머로 끝없이 이어진 오솔길 따라 한 영혼은 홀연히 먼 길을 갔습니다 무엇인가 벼락같이 왔다 가고 검은 야크 한 무리 무심히 풀을 뜯는 고원에서 넋을 잃은 몸뚱이만 남아 허둥댑니다 흐릿하던 설산에 그림자 지고 고원을 가로지르는 길이 수평선을 만나 아득히 사라져 가도 그렇게 끝내 움직일 수 없었습니다

커다란 광주리를 짊어지고 광무(筐舞) 추는 납서족 처녀들과 먼 길을 떠나는 사내들이 만나고 사랑하고 헤어지는 여강고원, 그곳에 두고 온 것들을 하나둘 헤아려봅니다 흙과 물, 풀과 나무, 춤과 노래, 순정한 삶과 영혼 그리고

소금호수
—차마고도 6

외줄에 매달려 성난 붉은 물줄기를 아슬아슬하게
건넜을
우기를 맞아 포효하는 호도협을 지나
아직 누구에게도 정상을 허락한 적이 없다는
북반구 최남단의 만년설을 두른 웅장한 옥룡설산
여기서는 지상에서 가장 먼 길도
잠시 몸을 부리고 쉬라 하네
멀리서 말방울소리 딸랑이며
고된 눈물과 땀에 절은
길 위의 사람들을 부르네

남서쪽 하늘을 향해 난
차와 말과 소금의 길은
오르고 한참을 더 올라도 계속되네
끝없이 이어지는 해발 4천 미터를 넘나드는 가파른
벼랑
눈 쌓인 오솔길을 터벅터벅 넘고 넘어 닿은
소금우물과 소금밭

그렇게 다시 까마득한 길을 가면
마침내 풀 한 포기 나지 않는
숨 쉬기조차 어려운 사막을 만나네
세상의 끝과 같은 그곳에 다시 펼쳐지는
드넓고 황량한 창탕(羌塘)고원
그곳에 소금호수가 있네

아득한 바다의 기억을 품은
갯내음 부는 검푸른 내륙 고원의 짜부예차카,*
멀리 한 무리의 야크와 드룩파** 그리고 또 다른 무
리들
천천히 천천히 붉게 물드는 고원과 설산이 품은
서늘한 침묵 속으로 소금호수는 저물어 가네
얼음 조각 같은 별빛 하나둘 이울어 가고
온몸이 싸한 이른 아침
드룩파들은 다시 불을 피워
수유차를 끓이고 룽다를 내걸고
마지막 여정을 서두르네

걸어온 벼랑과 고갯마루보다 더 멀고 험한 길
종착지이자 새로운 꿈을 품은 대장정의 출발지
산맥과 고원을 품은 사람들과
살아 있는 모든 것들의 윤회처 소금호수는
홀로 저물고 빛나고 다시 저물어 가네

* 소금호수. 티베트어로 차카는 소금, 짜부예는 호수라는 뜻
** 티베트고원에서 야크를 치는 유목민

샹그릴라에서
— 차마고도 7

하늘로 하늘로 향하다
끝내는 하늘에 닿고 말 것만 같은 길은
운남에서 보이 대리 금천 사계진 여강을 거쳐
히말라야의 동쪽과 곤륜산맥의 서쪽 끝이 만나는
티베트고원 자락 샹그릴라에 이르러 잠시 멈춰 섭
니다
사천과 운남의 경계를 유장하게 흘러 장강을 이루
는 금사강(金沙江)
노족의 삶을 싣고 미얀마와 태국을 지나 안다만에
닿는 노강(怒江)
아찔한 협곡을 가파르게 지나 마침내 메콩강으로
흐르는 난창강(瀾滄江)
대륙을 가르는 세 개의 거대한 물줄기를 품고 돌아
고단한 여정을 멈추고
가슴속에 해와 달을 품은 사람들이 일군
지상에서 가장 높은 벼 경작촌
판텐거는 홀로 여여합니다

사철 눈 덮인 산과 계곡, 울창한 숲과 호수 그리고
아직도 사용한다는 동파 상형문자
고원도시의 은은하고 신비한 것들은
옛 이름 중전(中甸)처럼 과거인 동시에 일상입니다
모든 풍경을 압도하는 웅장한 마니차가 도는 라마
사원,
아직 소년티를 벗지 못한 수줍음 많은 라마승이 지
키는
텅 빈 마오쩌둥 대장정 기념관이 에워싼
고원도시 초입 광장에서
떨어지지 않는 걸음을 옮기려거든
고성에서 가장 크고 오래된 목조건물
사연 많은 노인을 만나러 가야 합니다
대장정 길, 동지의 등에 업혀 이 고원을 넘은 마오
에 의해
가장 큰 집을 지닌 죄로 27년을 옥살이했다는 그는
역시 지주였다는 이유로 덩샤오핑에 의해 사면되었
다고 합니다

이곳의 일들은 뒤섞이고 흩어진 중국어와 티베트어
퍼즐 조각 같고 해독되지 않는 상형문자 같습니다

잠시 숨 돌린 길은 다시 분자란(奔子欄) 덕흠(德
欽) 염정(鹽井) 망강(芒康)을 잇는
수많은 산간 협곡을 넘어
인도로 네팔로 파키스탄으로 오체투지합니다
하늘과 맞닿아 흐르는 다섯 갈래의 하늘길에서
사람과 말 혹은 당나귀와 야크가 실어 나른 은밀한
사연들이
얼마나 많은 길들로 흩어지는지
그 끝은 어디일는지
앞서 간 사람들의 그 길에도
오늘 같은 붉은 저녁달이 수많은 별들을 불렀을는지
거대한 두려움이 문득 앞을 가로막습니다

하루 종일 과묵하게 랜드크루저를 몰던
거구의 티베트 사내가 손을 내밀며 작별을 고합니다

따시딸레—*
갈리갈리—**

* 티베트어로 '신의 가호가 있기를.'
** 티베트어로 '안녕.'

다시 붉은 고원에서

다시 붉은 고원에서
광활한 사막과 거대한 고원으로 향하는
갈림과 경계를 읽는다

지워지지 않는 표정 없는 얼굴들이 지나간다

몇 해 전 붉은 빛이 감싼 마을 어귀에서 만난
앙상한 손에 목총을 쥔 신강 위구르 소녀,
엉엉 울며 다시 돌아오지 못할 당번고도(唐蕃古道)를
걸어서 오르내린 대륙과 고원의 여인들,
여전히 여인이 팔려 간 나라의 북쪽 하늘에
차마 눈감을 줄 모르는 시름 많은 반도의 사내

고원의 붉은빛 아래 나는 사랑을 잃고
맴돌다 헤매다 끝내 잠들다
아, 이 잠에서 깨지 않았으면……

고원의 깊은 산맥에서 발원하여

유구하게 흐르는 황하(黃河) 붉은 물줄기는

눈물이다 큰 울음이다

부디 잠들지 말라

시닝(西寧) 가는 길

대륙의 서쪽은 안녕하신가
메마른 8월 황토고원을 적시는 반가운 비 흩뿌리고
서역만리 흉노로 가는 문*에서
남쪽 토번 땅으로 발길을 돌리네
걸어서 혹은 말을 타고 고원과 고원을 넘나든
검은 얼굴의 옛사람들을 더듬으며
붉은 강이 도심을 가로지르는 변방도시
황토고원에서 사막버드나무를 심던
주근깨 가득한 수줍은 얼굴 열여섯 마웬사를 생각
하네
　구멍이 숭숭 난 붉은 고원 토산 아래서 그네를 기
다리고
　구름 걷히고 붉은 은빛으로 저무는 고원 어디쯤
　그네를 들일 붉은 벽돌집 한 채 지었다 허무네

　바람따라 무시로 안개비 들었다 개더니
　파랗게 웃는 하늘과 맞닿은 칭짱(靑藏)고원 빗장
을 여네

102

큰 파도가 일렁이는 끝을 헤아릴 수 없는 호수,

그 호수를 품은 초원

시작이고 경계이고 갈림이고 변방이고 오지인

예 어디서 잠시 몸을 부렸을 오래전 그네를 찾네

울며울며 꼬박 3년을 걸어 간 문성(文成)공주

그네가 떨군 눈물이 강을 이루었다는 다오탕허(倒

淌河)에서

새끼 양을 품은 장족 소년에게

수줍게 쑤요우화(酥油花)를 든 토족 소녀에게

그네의 발자취를 묻네

염호와 동토와 어둠의 고원을 건너

히말라야를 넘어왔을 철새 무리에게

신들의 하늘정원으로 가는 길을 묻네

아직 서쪽은 안녕하신가

* 위먼관(玉門關). 고대 중국의 서쪽 요지였던 감숙성 둔황현 부
  근에 있던 관문으로 서역(西域)으로 통하는 중요한 관문이었다.

하늘길열차*

황하와 장강이 발원하여 흐르는 고원
영혼의 땅으로 가는 관문 시닝역의 밤이슬은 소슬
하다
고원에서 더 높은 고원으로
초원과 사막, 호수와 분지, 설산과 동토
거얼무강 튀튀허 라싸강까지 혹은 얄룽창포강까지
수많은 강의 지류와 염호와 늪을 건너는 하늘길
칭짱열차가 실어 나르는 건
3년을 하루로 바꾼 압축의 시간
극한에서 또 다른 극한으로 가는 형형색색의 영혼들

끝없이 펼쳐진 소금평야를 지난 지 오래
철로와 바퀴 부딪는 소리만 맴도는 밤기차
만년 설산 쿤룬(崑崙)을 넘어
빙하가 종유석처럼 자라는 무인지대 커커시리를 지
나다
엎드리고 기대고 눕고 쓰러지고 널브러지고 뒤엉킨
흑백사진 속 난민열차 풍경 같은 객실

뒤로 젖혀지지 않는 직각의 의자 팔걸이에
검은 얼굴의 여자아이 하나 매달려 있다
아슬아슬하게 매달려서도 곤히 잠든
땟물에 절은 검은 얼굴 빙긋이 웃고 있다

붉은 산골짜기에서 가냘프게 흐르는 물줄기
퉈퉈허가 되고 다시 퉁톈허가 되고
끝끝내 장강을 이루고 마는 고원
암벽화 같은 아기 얼굴에
어느새 환한 아침 햇살 들다
잠든 아기 미륵 앞에 허리 숙여 합장하다

* 베이징에서 라사로 가는 철도를 칭짱(靑藏)철도 또는 티엔루(天
  路——하늘길)라 부른다.

고원의 서쪽

겨울이 길고 깊어 여름이 사라진
파란 어둠 푸른 그늘이 드리운 신들의 도시

야크 기름 램프가 깜박이는 어두운 법당
아득한 시절 물의 기억을 품은 우물은 깊다

마니차를 돌리는 주름 가득한 검은 얼굴에
오래전 인디오 여인이, 내 어머니가 드리워 있다

나를 세상에 쏟아내고 다시 내가 귀환한 그 품마저도
땅과 하늘, 물과 불, 바람과 구름으로 돌아가는

하늘 아래 가장 가까운 고원의 시간은
오체투지, 순례자의 걸음으로 흘러간다

붉은 산에 올라 기도하던 손챈감포가, 소남가초가
그리고 수많은 라마들이 느리게 느리게 흘러간다

히말라야를 넘어온 새들과
끝없는 하늘길을 오른 이들이 만나는 천장(天葬)터

총을 든 군인이 지키는 관광도시가 된
붉은 그늘 아래 푸른 어둠, 고원 침묵으로 울다

수많은 강의 지류와 크고 작은 염호를 건너
오색 타르초 날리는 아득한 서쪽 설산으로부터

붓다 다녀가시다
아니 꼭 한번은 다녀가실 게다

고원의 여름 강을 건너다

산맥의 남쪽에서 강을 만났네
고원에 짙게 드리운 푸른 그늘의 슬픔이
맴돌고 여울지고 역류하다
끝끝내 범람한 고원의 여름 강 하류를 건넜네
나는 물버드나무 흐느끼는 소리를 들었네

산 넘어 산이
산 넘어 더 큰 산이 있는
키 작은 나무도 더는 올라갈 수 없는
극점을 몇 번이나 넘어서야
검은 산을 등진 푸른 개활지를 만났네

하늘빛을 닮은 샨난(山南)의 8월 칭커* 밭
눈망울이 그렁그렁한 검은 야크 한 무리를 보네
그의 눈매를 닮은 두 볼이 발갛게 상기된 아이들
잠시 허리를 펴고 낯선 이에게 눈인사 건네는 여인들
그 눈에 녠트리첸포가, 손챈감포가 들어 있네

좁고 굽이진 들길에서
조캉사 앞에서 소신공양한 젊은 라마승을 보네
시름 가득한 달라이라마를 보네
시리게 푸른 고원이,
울음을 다 토해 낸 여름 강이 있네

나, 그들을 따라
융부라캉** 뒤편 가장 높은 언덕에 올라
티베트고원의 민얼굴에 타르초를 거네
룽다 한 뭉치 바람에 날리네
슬픔도 잠시 눈을 감네

* 靑稞. 티베트고원에서 재배하는 키 작은 보리.
** 雍布拉康. 기원전 2세기에 세워진, 티베트에서 가장 오래된 건물
   로 토번의 첫번째 왕인 넨트리첸포의 왕궁이었다. 지형적으로
   '어미 사슴의 뒷다리 위에 세워진 궁전'이라는 뜻을 갖고 있다.

오체투지

물의 기억을 품은 조캉사(大昭寺)를 둘러싼 직사
각형 바코르 거리
고원의 짧은 여름 볕 아래 밀려든 사람들 틈새에서
한 사내가 몸을 던진다
얼기설기 얽은 목발에 휘청거리는 몸을 기대어
옆으로 한 걸음 두 걸음 세 걸음
두 무릎을 꿇고 오른손으로 땅을 짚고
왼손과 이마를 땅에 대고
두 손으로 공손히 빈 하늘을 받들다
그리고 다시 옆으로 하나 둘 세 걸음……

푸른 그늘이 설핏 드리운다

너덜너덜한 가죽 앞치마
땟물에 절은 바짓단 아래
발목 없는 다리를 허옇게 드러내고
위태롭게 그리고 끝없이 몸을 던지는
지친 검은 얼굴의 사내

세상에서 가장 높은 고원에서
세상에서 가장 낮은 자세로
세상을 두 손으로 들어 올린다
세상도 사내의 표정도 흔들림이 없다

한계점을 넘을 때마다 흩날리던 타르초가 어른거
린다

티베트고원을 가로지르는
얄룽창포강을 거슬러 동남쪽 체탕에서 왔다는
그는 안다
하늘 가까이 올라갈수록 많은 것을 버려야 한다는
것을
가장 높은 곳에 다다르기 위해서는
더 많은 걸 버려야 한다는 것을
키 작은 관목은커녕 들풀조차 볼 수 없는
수목한계점을 넘어 가장 높은 곳의
고독과 쓸쓸함과 위태로움과 고뇌를

얼마나 더 낮은 자세로 그는
얼마나 더 버려야 할까

어떤 동거
—루샨 메이루*에서

여기 두 사내가 있네
격동기를 함께 살았으나
마지막까지 서로 다른 길을 걸었던
그래서 살아서 단 한 번 만났던 두 사람
나란히 방 하나씩을 이웃해 살고 있네
가장 온화한 모습으로 가장 평화롭게 웃으며

샘물이 흐르는 정원과 두 채의 영국풍 별장
돌담을 두른 루샨(廬山)의 가장 아름다운 이름
메이루(美廬),
사랑하는 아내에게 루샨을 선물한
자유중국, 대륙반공의 길을 걸은
고독한 사내가 아내와 머물던 곳
눈물로 온몸으로 일만 킬로미터를 걷고 걸어
마침내 대륙에 붉은 혁명을 완성시킨 또 다른 사내가
10년여의 시차를 두고 머물던 곳
숙명처럼 대립했던 두 사내가
웃으며 사람들을 맞고 있네

과거는 기억하고 남기는 자들의 몫일 뿐이라고
이것이 새로운 세기의 인사법이라고

이른 아침이면
긴 여름 초록을 다 토해 내고
마침내 떨구기 시작한 나뭇잎을 주우며
산책길에 나선 이웃집 펄 벅 여사가
빙그레 웃으며 문안인사 건네는
루샨 허동루에서만 볼 수 있는
불화의 동시대를 살았던
두 거인과 한 문호의 뒤늦은 동거
훌쩍 건너뛴 세월이 빚어낸
낯설고 어색한 그러나 화해로운
그들이 꼭 한번은 꿈꾸었을 풍경

* 중국 루샨(廬山) 허동루(河東路)에 영국 건축가가 지은 별장으로, 1934년 장제스의 부인 쑹메이링(宋美齡)에게 선물했고 부인 이름의 가운데 글자와 루샨의 머리글자를 따서 이름 지었다. 1950년대 후반에는 공산당대회를 위해 마오쩌둥이 머물렀다.

루샨(廬山)에 들다

불빛 없는 대나무 숲길에 들었다
수런거리는 무성한 잎새에 머문 여름에
소슬바람 속삭이는
아직 가지 못한 혹은 미처 오지 못한
계절의 어느 늦은 밤
혼흑을 더듬는 발길을 밝히는
달빛 한 줌 내렸다
웅장하고 험준하고 기이하고 하여 아름다운
큰 산과 큰 호수가 품은
북녘 하늘에 가득한 별들
저마다 일렁이고 몸서리치다
멀리 장강 아래로 흘러간다

길은 그렇게 흘러가고 다시 열리느니
멀리 동림사(東林寺) 독경소리 아련하다

4부

만춘

강물도 바닷물도 느릿느릿 몸을 섞는
남도 강어귀
언덕을 하얗게 뒤덮던 배꽃 분분히 졌어도
새벽 강은 다시 안개를 밀어 올리네
노오란 유채꽃 피워 올리네
청보리 진초록으로 몸서리치면
먼 산 아래 양귀비 각혈하겠네
강물도 바닷물도 붉게붉게 물들겠네

물안개 길어 올리는 포구
나룻배 한 척 젖은 그물을 던지네
물과 뭍의 경계가 혼몽한 어디쯤
뭍바람 등에 지고
안개 자욱한 강둑길을 걷는 사내가 있네

봄 숲의 비밀

이른 봄날 빈 숲에 들었다
꽃샘 그늘은 깊어도
오래된 숲길은 유순하다
지난겨울 차마 떨구지 못한
우듬지에 매달린 잎새가 삭풍을 견디는
움트고 물오르기 전의 메마른 고요를 딛고
아직 겨울이 가지 않은 길섶에
노란 풀꽃 한발 먼저 다리쉼을 하고 있다

질끈 눈을 감았다 뜨니
운무가 지난 자리에 이슬이 맺고
여린 풀에서 작은 나무로, 키 큰 나무로
꽃이 꽃을 부르는 꽃사태 진다
풀과 나무와 바위에
초록으로 진진초록으로 시리게 물들었다가
마침내 노랗고 붉게 물드는
숲의 정령들의 때 이른 그러나 거대한 음모
발걸음 서늘하다

이 봄, 목마르겠다

노루목

등 굽은 나무들
줄지어 물결치는 숲길 끝
낡고 작은 절집 마당에
불두화 만발하고
꽃문양 문살에 초여름 볕들었다

아우야,
솔가지 줍고 솥단지 내걸어라
강변 텃밭 푸성귀도 거두어 오렴
오늘은 강변에 투망 치고 족대 들이련다

꽃무릇

메마른 여름의 끝
잎새들, 나뭇가지들 수군수군
바람 부르고 가을볕 비껴들더니
낡은 절집 에워싼 남도 숲 그늘
여기저기 선혈이 낭자하다

피었다 진 가을꽃자리에 돋아
혹한의 겨울에도 정정하던 녹색 잎
시름시름 앓아 잎을 떨구었다
빈 꽃대 끝에 늘 비껴만 가는 사랑 지나가고
붉은 슬픔, 덧난 상처를 덮고 무리 지어 올랐다

바람 불고 햇볕 들더니
다시 숲 그늘의 잎새들 가지들 수군거리고
가을꽃 넋을 잃고 붉다
이 가을 늙은 산사의 단청 더 붉어지겠다

푸른 새벽 강에서

강어귀 포구 푸른 새벽
끝내 배는 들지 않았다
굵은 빗줄기가 멈춘 침묵 위로
배꽃 닮은 물안개 무성하게 오르고
밤새 강이 토해 낸 붉은 물은
하구언 너머 짠물과 몸을 섞는다

배꽃과 유채꽃, 버드나무와 소나무 줄지은
들판을 흐르고 적시는 샛강과 습지에서
사라진 것과 사라지는 것
그리고 사라질 것들을 헤아리며
붉게 물드는 남도 하구
인적 끊긴 등대에 몸을 들여 등불을 밝혔다

발원하여 물줄기를 이루고 굽이굽이 흐르는
강과 길과 숲과 사람들과 같이했던
그러나 다시 오지 않는
진과 포와 목의 이름을 나누어 가진

그 곱고 그리운 나루들 하나하나를
나는 낮은 목소리로 또박또박 불렀다

이것도 이별이라고
마지막 밤을 밝히던
푸르스름한 등불 닮은
젖은 새벽별이 아슴하다
그의 마음 오늘의 나와 같았을지니
멀리 포구 아래로 희미한 그 얼굴 흘러간다

무량사에서

해질녘 종소리 들리거든
만수산 자락을 가득히 메운
무량사 저녁 예불 종소리 서른세 번
헤아릴 수 없이 깊고 여운 길거든
차마 떠나지 못한다 하네

산사의 종두승 당목을 밀어 울린 종소리
산자락을 붉게 물들이고
아직 내려놓지 못한
마음의 그늘 남겨두고는
산문(山門) 밖으로 나서지 못한다 하네

패랭이 쓰고 미간을 찌푸린 옛사람
청한당 툇마루에 비스듬히 앉아
늙은 느티나무 가지 끝에 걸린
더는 갈 수도 올 수도 없는 시름을
다시 이슬에 재우는 해거름

나, 이층집 극락전 마당

허리 굽은 소나무 빈 그늘에 들어

반듯한 오층석탑 옆에

삐뚤빼뚤한 돌탑 하나 세웠다 허무네

허물었다 다시 세우네

안부

어느 날,
오래전 당신에게서 안부를 묻는 메일이 왔습니다
광화문 근처를 지나며 문득 생각이 났다지요
아주 가끔씩 생각나는 나를
많이 좋아했던 것 같다며
아주 가끔 잊지 않고 있다며
수줍게 말꼬리를 흐리더니……
여전히 출근하면 녹차를 마시며 찰떡을 먹고
메일을 읽고 신문을 펼치느냐고
덤덤하게 사소한 안부를 묻는 당신

나는 늘 한 발짝 늦게 깨닫고
하여 서툴게 서두릅니다
몇 번을 썼다 지우고 다시 썼다 지워도
나의 말은 맴돌고
나의 문장은 여전히 상투적이어서
'아주'와 '가끔' 사이의 경계를 혹은
그 깊이를 가늠하지 못합니다

다시 당신은 소식이 없고
나는 다시 한없는 기다림으로 서성이다
전에 그랬듯이 시들거나 비껴가려나 봅니다

밤새 세찬 비바람 불더니
풍경처럼 가을이 왔습니다

웃는 당신

당신, 날 보고 웃네요
찻잔 둘 덩그러니 놓여 있는
낡은 탁자를 사이에 두고
오래전에 그랬듯이
당신, 여전히 날 보고 웃네요
어느새 창밖에는 눈발 가득하고요
나는 아직 못한 말이 있는데
아니 할 말이 많은 것 같은데
두고 온 말들은 머릿속을 맴돌고
나는 이렇게 아픈데
여전히 아무 말 못했는데
빙그레 미소를 머금은 당신,
내 앞에 웃고만 있네요

마지막 성묘

눈보라 치고 큰 눈이 내린 아직은 코끝이 싸한 봄날,
한식과 아버지의 기일을 며칠 앞두고 어느덧 칠십
중반이 된 노모가 지천명에서 불혹에 이른 사남매와
사위를 앞세워 성못길을 독촉한다 지팡이를 짚고 뒤
뚱거리는 몸으로

나가 가야 일이 되제 너그들은 당최 어설퍼서야
인자 이거이 마지막일지도 모르는디…… 둘째는
무너진 봉분 좀더 바짝 올리고 벗겨진 자리에 떼
좀 바짝 입혀야 잉, 아범하고 막둥이는 낭중에 아
그들 오면 놀게꼬롬 산소 아래 가시나무 좀 싹 걷
어내고 누구 오나따나 쉬게꼬롬 참나무 베어 공터
좀 만들어라 잉, 큰아들은 한눈팔지 말고 칡뿌리
샅샅이 찾아 빠짐없이 약 잘 발러라 잉……

점점 닮아가더니 이제는 아버지를 빼닮은 누이가
끝없이 이어지는 잔소리 사이로 슬며시 말을 건넨다

엄마, 할아버지 할머니 산소 안 가볼라우 남자들
은 아까 갔다 왔는데

일 좀 보고…… 나가 없으면 일이 되간디 아야

거그 가시나무 아즉 남었다아……

얼마 후 다시 누이가 묻는다

　엄마 가봅시다

　아 글씨 좀 기다리랑게 나가 지휘를 안 하믄 일

이 안 되잖냐 막둥아 거그 나뭇가지 좀 바짝 치랑

게……

한참 후 다시 누이가

　엄마 더 늦기 전에 갔다 옵시다

　…… 싫다 안 갈란다 매운 시집살이 고생한 거

생각허기도 싫고 몸도 고단해서 그냥 여그 있을란

다…… 아이 아가 거그 말고……

고된 산소 정비로 변한 성묘가 끝날 무렵 노모가

슬며시 말을 건넨다.

　아야 여그서 차로 십 분만 가면 너그 외간디 외

할아버지 산소 후딱 들렀다 가믄 안되것냐 안 가본

지 오래되았는디……

　아부지, 순자 왔소 곽 씨네로 시집가 한평생 고

생만 한 지지리도 복도 없는 순자 왔소 왜 날 보내
이 고생시켰소 야들 애비 가고 왜 그리 섭섭하게
대했소…… 왜 암말도 안 남기고 가부렀소 나가 서
운혀서 하도 서운혀서 이름까정 안 바꿨소…… 내
다시 안 올라다 그래도 왔는디 아부지 뭐라 말 좀
해보소……
　한참을 끊이지 않는 노모의 흐느끼는 소리만 흐르
는 산서면 대창마을
　소나무와 대나무 가득했던 그 넓던 뒷동산은 왜 이
리 좁아졌는지
　너무 높아 낑낑대며 기어오르던 바위는 왜 그리 작
아졌는지
　마을을 가득 메웠던 아이들은 다 어디로 갔는지
　봄날의 햇살은 왜 이리 쓰라린지

나의 유년, 여인들의 집

내 유년의 집은
조부의 수십 년 공무원 생활과 맞바꾼
지방 소도시 변두리의 큼지막한 개량한옥
할머니 손길이 곳곳에 밴
미닫이문을 단 널찍한 대청마루 그리고 마당과 텃밭
이곳은 내가 기억하는 가족사의 발원지
아쉽지만 조부의 전성기가 깃든 관사 시절의 기억
은 없다
공무원 시절 드나들던 마작판을 전전긍긍 맴돌던
할아버지와
밖으로 밖으로만 떠돌던 아버지는 늘 없고
혹독한 시어머니였지만 손주에겐 한없이 너그럽던
할머니
소설책 한 권 옆구리에 끼고 과수원 길 따라 뒷동
산을 오르내리던 과년한 고모들
이 모두를 수발하느라 늘 부산했던 어머니와 누이
가 지키는
여인들의 집

집 안을 어슬렁거리는 똥개 검둥이와 놀다 지치면
나는 하루 종일 혼자였다

오수 사람

경복궁 서쪽 한옥마을 초입 체부동잔치집 한켠에서
중년의 사내 셋, 초로의 사내 둘이 술추렴을 한다
전라북도 임실군 오수면에서 왔다는 사람들
나는 전주 사람이고 오수는 아버지 고향이라고 해도
다들 괜찮다고 탁배기 잔 가득 막걸리를 채워준다
잔은 돌고 말도 끝없이 돌며 이어지고 흘러간다
의견(義犬)이 났다는 오수, 봉천리 군평리 오암리
에서
나고 자랐다는 머리에 하얀 서리가 앉은
인생의 반은 벌써 지났고 전성기도 지났을
초면의 쑥수그레한 사람들이 이내 편안해지는 것은
그들 입에서 술술 흘러나오는 고향말 때문일 것이다
그보다 더 반가운 것은
흉내 낼 수 없는 그러나 그들에게서만 들을 수 있는
말씨와 억양과 소리의 고저장단 때문일 것이다
내 몸속 깊이 숨어 있던 유전자가 울렁이기 때문일
것이다
옛날 아버지와 일가친척들이 건너던 철다리는 사라

지고

　마을의 절반 이상이 빈집이 된 지 오래일지라도

　밤 솔찬히 깊어도 도란도란 이어지는 오수 사람들
의 술자리

　오래전 돌아간 아버지와 아버지의 친구들이

　사라진 마을의 풍경과 인심이 내내 함께 있었을
게다

　나의 기원이 오롯이 들어 있었을 게다

주차장 프로야구

　내리 엿새를 쏟아붓던 장마가 잠시 물러난 여름날
오후,
　아파트 주차장 자동차들 사이 좁은 공간에서
　아빠와 아이가 테니스공으로 야구 경기를 합니다
　등번호를 새긴 빨간 유니폼을 입은
　초등학교 4학년 민재는
　온 힘을 다해 공을 던지고
　오른쪽 타석에 선 왼손잡이 아빠의
　야구방망이는 연신 허공을 가릅니다
　공이 빠르면 빠른 대로 느리면 느린 대로
　스트라이크 존에 들어오면 오는 대로 아니면 아닌
대로
　과장된 헛스윙 몇 차례
　이번엔 왼손잡이 아빠가 오른손 투수가 되어
　어설픈 동작으로 공을 던집니다
　한가운데로 들어온 공을 향해
　아이의 방망이는 여지없이 돌아갑니다
　그렇게 몇 번의 공수 교대가 있고

아빠의 선공이 끝난 5회 초 스코어는 6대 12
그래도 민재는 5회 말 공격에 나서고
프로야구보다 뜨거웠던
주차장 야구 경기는 6대 18로 끝났습니다

플라타너스 그늘 벤치에 나란히 앉아
초콜릿 맛 얼음과자 한 개씩을 입에 문 부자의 휴식
어느새 콘크리트 바닥의 물기도 거의 말라가고
하오 다섯 시를 한참 더 지나서도
여전히 중천에 뜬 태양이 오랜만에 불을 뿜는
여름날 오후가 그렇게 뉘엿뉘엿 기울어갑니다.

오래된 책

하늘 가득 펑펑 쏟아진 눈 쌓이고 동장군이
동네 꼬마들의 바깥출입을 꽁꽁 묶은 날 저녁이면
어머니는 감자며 고구마를 삶고
누이와 나와 사촌들은
구들방 아랫목에 깐 이불에 발을 묻고
할머니의 옛날이야기에 귀를 기울였다

어릴 적 약을 잘못 먹은 탓에
길눈이 어둡고 글을 배우지 못했지만
어느새 마을 최고의 흉내쟁이이자 이야기꾼이 된
할머니의 이야기는 밤 깊어도 마를 줄 모르고
아이들은 졸린 눈을 부비며 귀를 세우다가
하얀 눈을 소리도 자국도 없이 밟으며 온다는
눈 귀신에 진저리 치곤 했다

다음 날이면 나는
말 한마디 토씨 하나 숨소리 하나도
빠뜨리지 않고 외워서

녹음기를 틀어놓은 것처럼
그 서사 그 느낌 그 흥분을
에워싼 동리 아이들 앞에서 재현하는
이야기꾼이 되곤 했다

아직 글을 다 깨치지 못한 어린 내게
할머니는 살아 있는 귀한 책이었다
할머니에게도 그런 책이 있었을 테고
다시 그 할머니의 할머니에게도
오래된 그런 책이 있었을 게다
오래오래 전해져 내려오다
그만 내가 잃어버리고 만

흘러 마침내 빛나는 강

푸른 새벽, 김포 하구에서 거대한 물길의 끝을 보네
마침내 바다와 천천히 몸을 섞는 유장한 물줄기
금대봉 기슭 어디에서 발원하여 흐르고
실핏줄 같은 내와 천과 작은 강들을 만나
합해지고 굽이치고 다시 모이는
그 먼 길을 다 왔다고 이제 다 왔다고
어깨를 들먹이며 먹먹하게 흐르는 당신을
새벽안개 자욱한 하구에서 말없이 품어
물길이 담아온 삶의 지도를 들여다보네

서쪽으로 기울어 흐르는 그래서 더욱 빛나는
마침내 긴 생을 접고 장엄하게 저무는 강

맨 처음 탯줄로 뻗어
역사가 되고 흘러서 삶이 되고
구불구불 문명을 이루고 흘러 어머니가 된
늘 처음이자 중심인 당신,
대지를 적셔 산을 산답게 하고

바람을 불러 나무와 풀을 일으키고
그늘을 지어 수초와 풀벌레, 물고기와 새를 부르고
깃들어 사는 모든 것들의 목을 축여
수많은 사람들을 기대어 살게 한
당신
대수라했고 아리수였고 욱리하였고 한수였던
조양강이고 평창강이고 동강이고 달천이고 섬강이던
생명이고 어머니이고 전부이고 전무인
당신의 맑은 영혼을 보네

하여 말없이 실어 온 당신 이야기에
나, 귀 기울이네
또 다른 나의 이름, 나의 삶이여

잃어버린 것과 가져온 것

늦가을 지중해 서쪽 휴양도시 안탈리아는 드문드문
들고나는 게르만 노인들로 철 지난 황량함을 위로받
습니다

국경일 펼쳐진 도심을 가득 메운 군악대와 카퍼레
이드, 형형색색의 옷을 입고 거리에 도열한 소년 소
녀들의 얼굴엔 긴긴 세월 동서를 넘나든 혹은 떠나고
머문 수많은 사람들의 유전자가 곳곳에 드리워 있습
니다 아득한 시절 로마 황제의 이름을 딴 세 개의 아
치로 된 하드리아누스 문에서 만난 상인들은 하나같
이 곤니치와라고 인사를 건넸다가 이내 자신의 친척
누군가가 한국전쟁에 다녀왔다고 말을 바꿉니다

예서 한 시간여를 달린 버스는 점심을 먹기 위해
강변 작은 마을에 일행을 부려놓습니다. 차에서 첫걸
음을 내디딘 일행에게 땀에 전 남루한 옷차림의 한
작은 소녀가 수줍게 들꽃 한 송이를 내밉니다 구걸이
아닌가 하는 당혹감에 잔뜩 경계심을 풀지 못한 낯선
동양인 사내에게 자신을 닮은 꽃을 건넨 소녀는 이내

등을 돌려 저만치 있는 할머니 품에 몸을 숨기고 파란 눈망울을 깜박거리며 슬며시 눈길을 보냅니다

소녀가 건넨 들꽃 한 송이와 초롱초롱한 눈망울에서 내가 잠시 잃어버린 것이 무엇인지 알았습니다 주머니 속 10유로짜리 지폐를 만지작거리다가 끝내 어린 소녀의 얼굴만 가져왔습니다

코뿔소 리턴즈

오늘도 나는 여여해요 모두가 외출한 텅 빈집에 홀
로 남아 비로소 나는 왕이 되었어요 카우치에 기대어
뒹굴며 1분 안에 해치우는 72개의 유선TV채널검색
은 나만의 개인기예요 모두가 집을 비운 수요일 오
후—나는 이때쯤 주말이 한 번 더 왔으면 좋겠어
요—다큐 채널 내셔널지오그래픽에선 '코뿔소 리턴
즈'가 나와요 홀로 천천히 천천히 걸음을 옮기는 위풍
당당한 모습 하지만 그것은 뻥이에요 녀석은 보호받
고 있을 뿐이라구요 그런 그를 보면 지난해 알 수 없
는 말로 그러나 단호히 떠나 돌아오지 않는 그녀가
생각나요 탐나는 뿔과 가죽, 전후좌우로 움직이는 눈
과 귀, 여린 나뭇잎만을 골라 뜯어 먹으며 썰룩거리
는 입술 외엔 지루하게 느린 녀석의 움직임과 변화
없는 아프리카 초원 풍경은 그녀를 닮았어요

아, 어느새 잠이 와요.

여기가 어딘지 모르겠어요 난 단지 잠이 들었을 뿐
인데 여기저기 칠이 벗겨진 컨테이너와 나무 기둥으

로 촘촘히 쌓은 울타리가 에워싸고 있어요 하늘은 푸
르고 날은 무덥기까지 한데 두려워요 곳곳에 널린 아
직 굳지 않은 분비물, 그 악취로 보아 조금 전까지 코
뿔소가 머물던 우리인 것 같아요 그러고 보니 아직
여기저기 그의 체온이, 흔적이 남아 있어요

　나가고 싶은데 여기서 나가야 할 것 같은데 문을
　찾을 수가 없어요 출구가 없어요

　멀리 목책 너머로 검은 물소들이 떼 지어 풀을 뜯
고 암사자 두 마리가 무리에서 조금 떨어져 주위를
어슬렁거려요 천천히 에워싸고 있어요 숨죽이고 조심
조심 다가서던 사자 한 마리가 불현듯 땅을 박차고
물소의 몸통을 향해 맹렬히 달려들어요 몸을 틀어 필
사적으로 저항하는 물소의 부드러운 목덜미를 다른
암사자가 재빨리 무네요 사력을 다해 몸부림칠수록
깊이 더 깊이 속살을 파고드는 날카로운 송곳니 검은
가죽 위로 번졌다가 이내 붉게 고이는 피 마침내 버

둥대던 검은 소의 형체가 풀썩하고 무너져 내려요 해바라기하고 꼼짝 않던 수사자도 어느새 날렵하게 한 몫 거드는 하오 네 시 혹은 다섯 시 피에 젖은 검은 대륙의 식사

나는 초원의 낡은 컨테이너 상자 안에 아니 똥오줌투성이인 목책 안에 있어야 할 이유가 없어요 코뿔소가 돌아오기 전에 돌아가야 해요 아니 적어도 이곳에서 나가야 해요 숨이 막혀요

수평선 너머로부터 초원의 게으른 하루가 검붉게 저물고 있어요 어느새 하이에나 한 무리가 눈을 번뜩이며 주위를 서성거려요 사자들의 거친 식사가 끝나고 이젠 하이에나 차례예요 아직 남은 숨으로 미세하게 사지를 떠는 검은 물소의 찢긴 살덩이와 뼈 사이로 얼굴을 깊숙이 처박고 남은 살점을 뜯고 핥아요 다행이에요 적어도 내일까지는 날카로운 이빨이 번뜩이는 살육이 일어나지 않을 거예요 잠시 동요하던 물

소 떼는 아무 일 없었다는 듯이 다시 무리지어 이동하고 멀리 날렵하게 초원을 가로지르며 얼룩말 한 떼가 달려와요 그 튼실한 허벅지 근육에도 날카로운 이빨이 꽂히고 붉은 피가 솟구치는 낯익은 데자뷰가 지나가는 후줄근한 초원의 저녁

아직 코뿔소는 오지 않았어요 그가 오기 전에 어두워지기 전에 어서 이곳을 벗어나야 할 텐데 움직일 수가 없어요 여전히 통로를 찾을 수 없어요 갇혀 있는 건가요 나는

뿌연 먼지가 일었다 잦아들 무렵 멀리서부터 그가 오는 소리가 들려요 겹겹이 갑옷을 두른 육중한 몸, 짧은 다리를 쿵—쿵— 옮기는 진동을 느껴요 뼈보다 더 단단한 살덩이의 결정, 그 뿔을 앞세우며 그가 돌아오고 있어요 멀리서부터 멀리서부터 그가 와요 자욱한 먼지를 일으키며 키 작은 나뭇잎을 흔들며

드디어 미궁 같은 곳에서 나왔어요 멀리서 그가 오고 있는데 멍투성이의 몸을 이끌고 이제 나는 어디로 가야 하지요? 나는 왜 이곳에 와 있는 거지요? 분명 조금 전까지 TV를 보고 있었는데 단지 다큐멘터리를 보다 깜박 잠이 들었을 뿐인데

이것은 문명 비판도 생태 비판도 아니에요
단지 길을 잃었어요 나는
고립되어 있고 아무것도 할 수 없어요
누군가 손을 내밀어주세요
제발!

다시 경계에서 듣는다

짙푸른 남색 보스포루스해협을 건너는 새벽
동녘의 어스레한 빛이 전하는 소리를 듣는다

서로가 서로에게 미지였던 대륙과 대륙
서로가 서로에게 그리움이었던 바다와 바다
서로가 서로에게 끝이고 시작인 다리 아래
물결은 유람선 흘수선을 따라 찰랑이고
바람이 실어 온 이야기는 서늘하다

익곡(溺谷)의 기억을 고스란히 담은 강을 닮은 바다
어둠을 밀어내고 오른 새떼들이 남긴 군무의 잔영

비잔틴과 오스만투르크
콘스탄티노폴리스와 이스탄불
성당과 모스크
그리스와 아르메니아와 유대와 쿠르드와 투르크 그
리고
오고 가고 떠나고 머문 사람들의 공존과 뒤섞임

삼면이 바다인 도시의 낮은 속삭임
새벽녘 빛을 부르는 속삭임, 속삭임

유럽이 되고 싶은 공화국과 공존하는 고대도시의
앙상한 유적들
가톨릭 성화와 오스만 세밀화가 동거하는 성 소피
아 사원
끝없는 미로로 이어진 거대한 벌집 같은 대바자르
전차를 타고 탁심광장 인파 속으로 사라진 빨간 옷
의 여인
켜켜이 쌓은 시간을 넘나드는 수많은 술탄들의 전설

경계였고 다시 경계인 해협에서
눈을 감고 이스탄불을 듣는다*

수많은 전언들이 귓가를 흐르는 경계의 언덕에서
두 눈을 감고

물길과 바람이 실어 온
누이를 닮은 투르크의 은밀한 동화를 듣는
다시 멀고 긴 여정에 오른 그늘 가득한 얼굴의 사
내가 있다

* 터키 시인 오르한 웰리 카늑Orhan Veli Kanik의 시 「이스탄불
을 듣는다」에서 인용.

북방의 길, 회향(回向)의 시간

김수이

시의 자유로움은, 시가 수호해야 할 질서에 대한 상상과 예감으로부터 비롯된다. 독창성과 새로움, 오래됨 등의 이름으로 관철되는 미완의, 미상의 법칙들. 언어로 온전히 설명될 수 없는 시의 기율들은 시인의 몸과 마음을 거쳐 다시 시의 텍스트로 흘러든다. 이 과정에는 시의 목소리를 경청하기 위해, 시의 장에 자신의 말을 펼쳐놓기 위해 예우를 다하는 시인의 정중함이 깃들어 있다. 시에 대한 경의를 잊지 않으려는 시 쓰기, 헤아릴 수 없는 시의 법칙을 자신의 방식대로 전유하는 일을 내심 두려워하는 시 쓰기, 시가 예견하는 법칙이 삶의 질서와 복잡한 동형―이형의 관계에 있다는 사실을 직감하는 시 쓰기. 아마도 이는 시 쓰기가 발생하는 순간의 풍경이자, 시 쓰기가 애초에 윤리적인 행위로서 발현되는 순간의 풍경일 것이다.

시가 아니고서는 어떤 언어로도 말할 수 없을 때, '시'는 시인에게 무한한 자유를 허락하는 동시에 자신의 내면에서 울리는 시적 명령을 수행할 결의와 실천의 장으로서 도래한다. 시가 열어놓은 자유와 소명은 같은 무게와 가능성으로 다가와 선택이 아닌 공존의 형태로 실현된다. 모든 것을 허용하는 듯하나 끝내 승인해야 할 것만을 승인하겠다는 시의 정언명령에 시인이 응답해나갈 때, 그는 '부름받은 자'로서 세계와 마주하며 세계를 노래할 권리를 비로소 위임받을 수 있다. 시인은 무심히, 무상으로 세계를 노래할 수 없다. 시인은 세계를 노래할 권리를 세계에 계속 요청해야 하며, 끊임없는 수고를 통해 그것을 필사적으로 획득해야 한다. 미완의, 미상의 시의 법칙들이 스러지고 출현하는 것은 이 자립의 과정에서다. 그러는 동안 시인은 반복과 실패의 운명을 살아낸다. '시'를 쓰기 위해 시를 쓰고, '시인'이 되기 위해 시인으로 살아가는 일의 반복과 실패. 자신의 안에서인지 밖에서인지 알 수 없는 부름을 들었기에 시인이 된 이들은 모두 같은 생의 과업을 안고 있다. 시 이후의 시, 시인 이후의 시인, "삶 이후의 삶". "남은 삶은 그렇게 죽어 있거나 살아 있고 그렇게 존재하거나 사라진다"(「삶 이후의 삶」, 『지도에 없는 집』, 2010)는 엄연한 질서 앞에서, '이후'의 시간은 더욱더 삶의 몫이자 시의 몫이 된다. 시인은 이것을 알고 있으며, 알기에 그는 쓴다.

곽효환에게 '시'의 부름은 '북방'으로부터 왔다. '북방'은 곽효환이 '시'로부터 받은 지상명령이며, 그가 자신의 언어로 다시 써나가고자 하는 '시'의 법칙이다. 곽효환에게 북방은 특정한 공간이나 방향을 의미하는 말이 아니다. 북방은 차단된 삶의 여로이고, 단절된 역사의 현장이며, 잊혀가는 오래된 정감의 고향이자, 채울 수 없는 결핍과 그리움의 진원지이다. "나의 그늘은 깊다"(「나의 그늘은 깊다」)라는 곽효환 식의 직언(直言)에 기대면, 북방은 삶의 스산한 시간들을 보존하고 있는 내면에 각인된 존재론적 편향성을 함축하기도 한다. 곽효환에게 북방은 공간보다는 장소에, 방향보다는 속성에, 자연지리보다는 심상지리에, 비의적 상징보다는 이야기의 원형에 더 가까운 개념이다. 곽효환은 이 사유의 원본을 그가 흠모하는 북방에 살았던 시의 육친들로부터 물려받았다. 북방의 선조들은 자신들이 겪은 비극적인 역사와 척박한 삶을, "북쪽은 고향/ 그 북쪽은 여인이 팔려간 나라"(이용악, 「북쪽」)로 축약하고, 죽음을 무릅쓰고 얼어붙은 강을 건너는 '국경의 겨울 밤'(김동환, 『국경의 밤』)으로 압축하며, "하늘이 이 세상을 내일 적에 그가 가장 귀해하고 사랑하는 것들은 모두 가난하고 외롭고 높고 쓸쓸하니 그리고 언제나 넘치는 사랑과 슬픔 속에 살도록 만드신 것"(백 석, 「흰 바람벽이 있어」)이라고 정리했다. 이들은 북방이 치열한 고투를 통해 이어져온 공동체의 삶의 현장이자, 개인의 윤리와 공동체의 윤리가 합일한 가까운 과거의 시공간이며, 현대문명에 침윤되기 전의 생명력과 순박함이 살아 숨쉬는 곳임을 일깨워 주었다. 현실적으로 가볼 수 없는 한반도 북쪽의 땅들은 이들에 힘입어 21세기의 현재적인 시의 공간에 다시 편입될 수 있었다.

북방의 옛 시인들에게 사사받은 곽효환의 시에서 북방은 특정 방향이 아닌, 세상에 흩어져 있는 척박하지만 인정 넘치는 삶의 장소들을 의미한다. 북방은 일차적으로 우리 민족의 기원과 정착지인 대륙의 북쪽 및 한반도의 북녘을 가리키지만, 이 북쪽의 정서와 이야기를 지닌 곳이면 어디든 북방이 된다. 고달프고 벅찬 삶의 이야기가 두텁게 쌓여온 곳, 세상살이의 시련 속에서도 따스한 인간미가 살아 있는 땅 위의 모든 지역들은 다 북방이다. 이런 맥락에서 시인 곽효환은 북방 태생이다. 곽효환의 시적 본적은 그의 고향이 따뜻한 남쪽 지역(전라북도 전주)인 것과는 관련이 없다. 시적 태생의 증거들은, 그의 시가 낡고 곰삭은 풍물과 문화에 대한 정서적 애착, 보존해야 할 삶의 질서에 대한 가치관적 편향, 멀고 아스라한 시간과 장소에 대한 상상적 몰입 등으로 이루어지는 점에서 드러난다.

곽효환의 시적 여정은, 그 자신이 잘 요약하고 있듯이, "북방의 산과 강과 짐승과 나무와 친구 들이 붙들던/그 말들을 그 아쉬움을 그 울음을 뒤로하고/먼 앞대로 더 먼 앞대로 내려온/아득한 옛 하늘 옛날의 나를 찾아가는 길"(「시베리아 횡단열차 1」)이다. 북방 태생의 시인은 떠난 적도 없이 상실한 태생지를 그리워하며 실향의 공허를 견딘다. 예를 들어, "이렇게 막막하고 이렇게 치명적인/내가 정말 잃어버린 것이 무엇인지 알 수 없는"(「조금씩 늦거나 비껴간 골목」) 혼돈의 감정은 지금-여기의 삶의 공간이 불러일으키는 '실향'의 내상이다. "눈발이 날리는" 밤이면, "가없는 북방대륙의 거센 눈포래를 뚫고/그들을 따라 끝없이 끝없이" 헤매이는 일은 이역(異域)에서 살아가는 이방인이 치러야 하는 자신만의 쓸쓸하고도 아름다운 내적인 의례이다. 실향 이후의 삶만을 알고 있는 시인에게 이 내면화의 시간은 곧 시의 시간이자 시 쓰기의 시간이 된다.

먼 바닷가에선 눈발이 날리는 새벽 두 시 이십구 분,
성에 가득한 창가를 서성이는 불면의 밤
백석과 용악을 읽는다
바구지꽃과 흰 당나귀와 나타샤를 사랑한 사람,
꽁꽁 언 시름 많은 북쪽 하늘에 차마 눈감을 줄 모르는 사람,
가없는 북방대륙의 거센 눈포래를 뚫고
그들을 따라 끝없이 끝없이 헤맨다
두터운 바람벽도 미덥지 못한 술막에 들어
흐릿흐릿한 등불 아래 술잔을 기울이며 누군가를 기다린다

어느새 앞서 간 두 사내는 사라지고

찬바람 숭숭 드는 흙벽에 기대어

예서도 나는 잠들지 못하고,

지난여름 티베트 가는 길목 붉은 황토고원에서 만난 장족
소녀와

무성했던 잎새를 다 떨군 날, 이별을 선언한 그네를 생각
한다

　　　　　　　　　——「백석과 용악을 읽는 시간」 부분

백석과 용악의 시는 "성에 가득한 창가를 서성이는 불면
의 밤"에 곽효환을 '북방'의 나라로 안내하는 지도이며 길
이다. 공동체와 개인의 삶이 하나로 펼쳐지는 북방의 텍스
트를 통해 곽효환은 시의 내부로 걸어 들어가거나 다시 밖
으로 나오면서, 시간과 공간의 간극을 넘어 둘을 연결한
다. "두터운 바람벽도 미덥지 못한 술막에 들어/흐릿흐릿
한 등불 아래 술잔을 기울이며 누군가를 기다"리는 일은
그가 읽는 텍스트 안에서, "지난여름 티베트 가는 길목 붉
은 황토고원에서 만난 장족 소녀와/무성했던 잎새를 다
떨군 날, 이별을 선언한 그네를 생각"하는 일은 텍스트 밖
에서 일어나지만, 두 행위는 사실상 하나다. "장족 소녀"
와 "이별을 선언한 그네"를 생각하는 일을 나누면 세 가지
행위인데, 다른 시간과 장소에서 '나'가 기다린 대상이 같
은 점은 이 행위들이 동일한 것임을 암시한다. 텍스트 안

의 "두터운 바람벽도 미덥지 못한 술막"에서 '나'가 기다리는 "누군가"는 텍스트 밖의 "이별을 선언한 그녀"일 것이며, 부분적으로는 "장족 소녀"로 제유된 북방의 사람들일 것이다. 마찬가지로, '나'가 있는 "불면의 밤"의 "성에 가득한 창가"는 "꽁꽁 언 시름 많은 북쪽 하늘"과 "티베트 가는 길목 붉은 황토고원"을 잇는 길목이며, 세 장소가 위치하는 곳은 모두 북방이다. 북방은 텍스트의 안과 밖, 현실의 저편과 이편을 가로지르는 가역적인 장소성 혹은 장소의 가역성을 특징으로 한다.

'백석과 용악을 읽는 시간'에 곽효환은 다른 시간, 다른 장소, 다른 사람들을 불러모아 한곳에서 스쳐가게 한다. "찬바람 숭숭 드는 흙벽"은 북방의 텍스트에 대한 텍스트, 북방의 과거 이야기에 대한 현재 이야기로서 곽효환의 시가 자청하는 '가역적' 역할의 비유적 표현이라고 할 만하다. 추위와 불면을 가져오지만, 그 추위와 불면으로 인해 그리움과 각성을 불러일으키는 '찬바람'은 '흙벽'을 통해 안과 밖을 넘나들며 세상을 흐른다. 경계와 소통의 이중성을 지닌 '흙벽'은 현재 서울에 살고 있는 시인이 북방의 나라들을 방문하기 위해 통과해야 하는 '국경'의 알레고리와, "아득한 시절부터의 무수히 많은 나와 또 다른 나"를 만나기 위해 가로질러야 하는 추운 '벌판'(「시베리아 횡단열차 1」)의 상징을 겸한다. '흙벽'은 시인이 거주하는 첨단의 도시에서는 부재의 형태로 존재하는데, 그가 도심의 식당에

160

서 저녁을 먹으며 대면하는 재개발의 "타워크레인"(「도심
의 저녁식사」)과 그 짝패인 "동료 노동자의 주검이 놓인
타워크레인(「한 소금꽃나무에 관한 연대기」)의 대립적인 상
징으로 기능하기도 한다. 바꾸어 말하면, 곽효환에게 대륙
횡단 열차를 타고 바라보는 시베리아의 풍경과, 도심의 텅
빈 식당에서 혼자 식사하며 바라보는 한국의 현실 정황은
별개의 것으로 분리되지 않는다.

    밤새 시울던 별들도 얼굴을 흐릴 무렵 열차는 마침내 러시
아의 변방 국경도시 나우슈키를 떠난다 멀리 바이칼이 유일
하게 흘려보내는 앙가라강이 보이는 듯하고 나를 닮은 또 다
른 내가 아직 무리를 이루고 산다는 울란우데를 지난다

    〔……〕

    이 강을 이 산을 이 황야를 그리고 이 길을
    얼마나 많은 사람들이 건너고 넘었을까
    수호바타르나 하얼빈 혹은 블라디보스토크에서
    나우슈키 울란우데 슬루지얀카 이르쿠츠크 크라스노야르
스크 노보시비르스크 옴스크 예카테린부르크 그리고 우랄산
맥 혹은 그 너머까지
    하늘 아래 가장 광활한 평원 시베리아
    녹슨 철로에 몸을 실은 사람들

그 붉은 이름들이 흘러간다

징용이었을까 독립이었을까 혹은 혁명이었을까

        —「시베리아 횡단열차 2」 부분

아직 어둠이 오지 않은 여름 저녁

텅 빈 식당에서 혼자 밥을 먹는다

청진동은 오랫동안 재개발 중이고

창 너머 젖은 하늘 아득한 곳의 타워크레인을 본다

소금꽃 주렁주렁 열린 소금꽃나무를 꿈꾼 사람

처녀 용접공에서 해직 노동자가 되고 투사가 된 사람

계절이 세 번 바뀌어도 끝내 허공 속에 머물고 있는

이 세상에 있어도 없는 혹은 없어도 있는 사람

해고는 살인이라며 울먹이는

전 여당 대선 후보의 눈물엔 감동이 없고

〔……〕

씹다 만 깍두기처럼 겉도는 말들

떠도는 말들과 부유하는 진실을 삼키는

여름날, 목메는 도심의 저녁 식사

        —「도심의 저녁 식사」 부분

 "하늘 아래 가장 광활한 평원 시베리아/녹슨 철로에 몸을 실은 사람들/그 붉은 이름들이 흘러"가는 길을 '나'는 밤새 달린다. "나를 닮은 또 다른 내가 아직 무리를 이루고 산다는" 전설 혹은 풍문을 확인하기 위해서다. 앞서간 수많은 사람들이 건넌 이 길은 돌아오기 힘든 '징용'이거나 '독립'이거나 '혁명'의 길이었다. '나'는 그 길과, 그 길을 떠도는 "또 다른 나"들을 여름 저녁의 도심의 일상에서 마주친다. 사람답게 일하며 살기 위해 싸우다 죽음을 택했거나 '허공'에 오르는 이들은 "부유하는 진실을 삼키는" 현실의 "녹슨 철로에 몸을 실은 사람들"이다. '징용' 혹은 '독립' 혹은 '혁명'의 시간은 한 세기 후에도 계속되고 있는 것이다. 끊임없이 재개발되는 세상에도 여전히 먹고살기 위해 사람들이 끝없이 건너가야 할 광활한 벌판이 있고, 통과하거나 통과하지 못할 자본의 국경이 있다. 도시의 사무원이자 시인인 곽효환이 빌딩숲 속에서 야생의 자연을 간직한 북방을 계속 호출하는 것은, 북방의 역사와 이야기가 지금 이곳의 역사와 이야기이며, 이곳이 바로 북방이기 때문이다. 북방은 우리의 역사와 정치, 사회, 문화, 정체성을 아우르는 틀이자 아젠다로서 곽효환의 시가 개척한 현실의 우회로이자 확장된 영토이다.

곽효환이 쌓으려는 시의 '흙벽'은 북방의 과거와 현재를, "아득한 곳"과 이곳을, 그들과 '나'를 만나게 하려는 기약할 수 없는 도정 위에 있다. 물론 우리는 곽효환의 시가 대체로 여행자나 관찰자의 위치에서 발화하고 있는 점을, 그가 떠나는 북방의 여정이 역사의식과 존재론적 탐구를 바탕으로 하면서도 비극적인 낭만적 열정에 이끌리고 있는 점을 부정하기 어렵다. 오래된 것, 잃어버린 것, 빼앗긴 것에 대한 기억과 애도, 발언과 소환은 시가 누누이 해온 익숙한 작업이라고 말할 수도 있다. 이 지점은 곽효환 시의 한계와 도전이 맞닿아 있는 문제적인 교차점이다. 곽효환은 오래되고 익숙한 자리에서 묵묵히 자신만의 목소리를 만들어가고자 한다. 이 점에서 그의 시는 소박하거나 진중하다. 우리가 잘 알고 있듯이, 오래된 것이 가장 새롭게 귀환하는 역설적 가능성 및 가능한 역설은 시의 미래에 언제나 포함되어 있으며, 현실의 급격한 변화에 새로움이 아닌 오래됨으로 대처하는 방식은 현실과 팽팽한 긴장관계를 형성하는 한에서 내내 유효하다. 곽효환의 시가 내장해왔고 앞으로도 풀어나가야 할 중대한 과제 역시 이 선상에 있다. 이 점에서 그의 시는 '북방'의 서사적 스케일에 대응하는 시사적(詩史的) 스케일을 내장하거나 환기한다. 그런데 뜻밖에도, '오래된 새로움'의 역설을 이미 현실에서 구체적으로 실행하고 있는 주체가 있다. 과거의 유산들을 열광적으로 파괴하며 쇄신하는 현대문명이 그 주인공이다. 곽효환은 이 실상을 포착함으로써 '오래된 새로움'으로서 자신의 시 작업이 확보해야 할 복합적인 시선과 방향성을 예비한다.

21세기가 열리고 10년이 더 지났어도
개발의 꿈은 그칠 줄 몰라

〔……〕

몇 해 전 시작된 종로구청 앞 청진동 재개발은 아직도 진
행 중이야
세종로와 종로가 만나 교보문고 앞길에서 시작되는
피맛길은 이젠 없어
아랫자리들의 허기와 목마름을 달래던
비린 생선 굽는 냄새, 빈대떡 부치는 고소한 돼지비계 기
름내, 마늘과 생강으로 시뻘겋게 볶은 얼얼한 낙지볶음, 파
이고 찌그러든 낡은 식탁, 손때 묻고 이빨 빠진 술잔과 그릇
들, 수많은 사람들이 빼곡히 남긴 낙서 가득한 벽
6백 년 곰삭은 도심의 그 작은 골목이 어느날 사라졌어

〔……〕

3월 하순에도 연이어 내리는 폭설과 대설주의보
몽골고원에서부터 한반도를 넘어 열도까지 뒤덮은
눈 섞인 비와 추위가 부르는 황사 속에
안타깝고 아쉽고 서글프다고?
그래도 우리는 다시 꿈을 꾸지
무너뜨리고 부서뜨린 위에 세운
눈부신 재개발의 대역사가 반복해서 부르는
너무도 낯익은 그 이름

'옛 모습 복원'

—「피맛길을 보내다」 부분

"눈부신 재개발의 대역사"가 기치로 내세우는 "'옛 모습 복원'"은 '오래된 새로움'의 자본주의적 버전version이자 가짜 비전vision이다. "3월 하순에도 연이어 내리는 폭설 과 대설주의보/몽골고원에서부터 한반도를 넘어 열도까지 뒤덮은/눈 섞인 비와 추위가 부르는 황사"는 "아랫자리들 의 허기와 목마름을 달래던" '피맛길'의 6백 년 역사를 공 시적이며 통시적으로 일별하면서 이 사실을 직시하게 한 다. "6백 년 곰삭은 도심의 그 작은 골목"은 파란만장한 역사의 시간성과 대륙과 이어진 공간성을 압착한 살아 있 는 삶의 장소다. 개발의 신화에 심취한 자본주의는 이 장 소를 허락하지 않으며, '옛 모습 복원'의 사이비 형태로만 재현하고 소비한다. 이 골목을 밤낮으로 지나다니던 시인 은 과거의 역사마저 자본의 밑천으로 삼는 현대문명의 폭 력성을 일상의 생활 감각을 통해 비판한다. "비린 생선 굽 는 냄새, 〔……〕 패이고 찌그러든 낡은 식탁, 손때 묻고 이빨 빠진 술잔과 그릇들, 수많은 사람들이 빼곡히 남긴 낙서 가득한 벽" 들은 세상의 뼛속까지 재개발하면서 자본 이 제거한 '길'과 '삶'의 세목들이다.

그리운 향수(鄕愁)의 목록에 철해진 옛 생활문화의 몰 락은 도시의 경우에 한정되지 않는다. 곽효환이 멀고 먼

북방의 오지에서 만나는 것은 사라질 운명에 있는 제2,
제3의 '피맛길'들이며, 거기 배인 유구한 전통과 생활 감
각이다.

> 눈 덮인 거대한 협곡과 산맥을 넘는
> 하늘 아래 가장 높고 아스라한
> 낭떠러지 비탈길을 따라
> 차와 소금을 실은 말과 노새를 끄는
> 마지막 마방들
>
> ──「만년설산」 부분

> 이 길의 역사는 사람이다
> 산이고 강이고 협곡이고 고원이다
> 〔……〕
> 강에서 강으로
> 마을에서 마을로
> 실핏줄처럼 만들고 이어온 길 위에
> 피고 지고 다시 피었다 진 사람들
> 회족이고 태족이고 이족이고 백족이고 묘족이고 장족이고
> 납서족이고 합니족이고 수족이고 와족이고 독룡족이고 또 노
> 족이고 납호족인
> 너이고 나이고 우리인
> 토번이었고 변방이었고 티베트였고

혁명의 성지였고 불안한 자치주이고 고원이고 대륙인 이곳
말과 차와 소금을 따라 오고 간 퍽퍽한 발길들
검게 그을린 말간 얼굴들

—「하늘길의 사람들」 부분

"무명의 사람들, 그 삶들이 서사인 길을 묻는"(「하늘길의 사람들」) 북방의 여로는 현대 자본주의 문명이 파괴하는 '길'과 '삶'을 목격하고 기록하는 아픈 여정이 된다. 자본이 쓰는 단 하나의 서사와 정반대되는, 시간과 자연과 사람에 의해 "실핏줄처럼 만들고 이어져 온 길"의 서사를 쓰는 것은 곽효환이 도시의 골목에서 하루하루 체득한 시적 소명이다. 이 서사 속에서는 언어와 풍속이 다른 이민족들도 삶의 벼랑 끝에 내몰린 동족들과 더불어 '우리'이다. '우리'는 좁은 골목과 "하늘 아래 가장 높고 아스라한/낭떠러지 비탈길"을 걸어온 자들이며, 그 길 위에서 무수히 "피고 지고 다시 피었다 진 사람들"의 후예들이다. 우리가 만나는 시간은 정해진 하나의 방향으로 전진하는 정향(定向)의 시간이 아닌, "얼굴이나 몸을 돌려 다른 쪽으로 향하는" '회향(回向)'의 시간이 된다. 회향의 시간에 이르는 북방은 멀리 있지 않다. 깊고 깊을 뿐.

바이칼로 가는 눅눅한 여름의 끝자락
울울창창 자작나무 이깔나무 전나무 적송

장엄한 숲에 드니 비로소 숲의 상처가 보인다
가지가 꺾이고 몸통이 휘고 부러지고
끝내는 쓰러진
상처투성이의 북방 침엽수림에서 나를 본다
혹독한 겨울의 잔해를 떠안은 설해목들
숲은 서늘한 사랑으로 모두를 끌어안고 있다
                    ──「숲에 드니 숲의 상처가 보인다」 부분

이곳에서 얻은 상처를, 이곳에서 다 아플 수 없어 저곳
에 가 비로소 아플 때, 꺾이고 휘고 부러지고 쓰러진 "상
처투성이의 북방 침엽수림에서 나를 볼" 때, '나'는 "바람
이 전하는 말과/시간이 쌓아둔 흔적,/무수히 드리웠다 사
라지는 삶들"(「늙은 느티나무에 들다」) 앞에 그동안 아껴둔
경의를 표할 수 있다. 그 시간과 수고를 조금 나누어 가질
수 있다. '숲'의 "서늘한 사랑"에 무한히 감응하며 반향할
수 있다.

어쩌면, '숲'의 일원이 되어 "서늘한 사랑으로 모두를
끌어안"는 일은 북방의 깊은 곳, 회향의 시간에만 가능한
일일 수 있다. 한 번 더 회향하여 현실의 피폐한 내장 속
으로 걸어 들어왔을 때 그 사랑의 시간은 기억 속의 사건
에 머무는 것이 될 수도 있다. 그러나, 그럴수록 우리에게
필요한 것은 회향의 시간이라고 곽효환의 시는 이야기한
다. 도심의 타워크레인과 북방의 "혹독한 겨울의 잔해를

떠안은 설해목들"을 겹쳐진 이미지로 사유하는 일이라고 말한다. 자본의 문명이 폐기하거나 실패한 목록과 일치하는 '자연'과 '사람'과 '삶'의 세목들이 곽효환이 끊임없이 다시 써나가고자 하는 시적 열망의 세목들인 이유는 여기에 있다. "그곳에 두고 온 것들을 하나둘 헤아려봅니다 흙과 물, 풀과 나무, 춤과 노래, 순정한 삶과 영혼 그리고"(「인상여강(印象麗江)」)…… 다시 쓰기, 다시 살아가기. ▨

문학과지성 시인선 80

입 속의 검은 잎

도 시집

문학과지성사에서 펴낸 기형도의 책

기형도 전집(1999)
정거장에서의 충고—기형도의 삶과 문학(2009)
길 위에서 중얼거리다(2019)

문학과지성 시인선 80
입 속의 검은 잎

초판 1쇄 발행 1989년 5월 30일
초판 24쇄 발행 1993년 12월 10일
재판 1쇄 발행 1994년 2월 20일
재판 71쇄 발행 2024년 9월 27일

지 은 이 기형도
펴 낸 이 이광호
펴 낸 곳 ㈜**문학과지성사**
등록번호 제1993-000098호
주   소 04034 서울 마포구 잔다리로7길 18(서교동 377-20)
전   화 02)338-7224
팩   스 02)323-4180(편집) 02)338-7221(영업)
전자우편 moonji@moonji.com
홈페이지 www.moonji.com

ⓒ 기형도, 1989, 1994. Printed in Seoul, Korea

ISBN 89-320-0397-1 02810

문학과지성 시인선 80
입 속의 검은 잎

기형도

일러두기

시의 제목과 본문에 쓰인 한자 표기는 대부분 한글로 옮겼으며, 필요한
경우 병기하였다(2017년 10월 기준).

시작 메모

나는 한동안 무책임한 자연의 비유를 경
계하느라 거리에서 시를 만들었다. 거리의
상상력은 고통이었고 나는 그 고통을 사랑
하였다. 그러나 가장 위대한 잠언이 자연 속
에 있음을 지금도 나는 믿는다. 그러한 믿음
이 언젠가 나를 부를 것이다. 나는 따라갈
준비가 되어 있다. 눈이 쏟아질 듯하다.

1988년 11월
기형도

입 속의 검은 잎

차례

시작 메모

I

III

해설

I

안개

1

아침저녁으로 샛강에 자욱이 안개가 낀다.

2

이 읍에 처음 와본 사람은 누구나
거대한 안개의 강을 거쳐야 한다.
앞서간 일행들이 천천히 지워질 때까지
쓸쓸한 가축들처럼 그들은
그 긴 방죽 위에 서 있어야 한다.
문득 저 홀로 안개의 빈 구멍 속에
갇혀 있음을 느끼고 경악할 때까지.

어떤 날은 두꺼운 공중의 종잇장 위에
노랗고 딱딱한 태양이 걸릴 때까지
안개의 군단은 샛강에서 한 발자국도 이동하지 않는다.
출근길에 늦은 여공들은 깔깔거리며 지나가고

긴 어둠에서 풀려나는 검고 무뚝뚝한 나무들 사이로
아이들은 느릿느릿 새어 나오는 것이다.
안개에 익숙하지 않은 사람들은 처음 얼마 동안
보행의 경계심을 늦추는 법이 없지만, 곧 남들처럼
안개 속을 이리저리 뚫고 다닌다. 습관이란
참으로 편리한 것이다. 쉽게 안개와 식구가 되고
멀리 송전탑이 희미한 동체를 드러낼 때까지
그들은 미친 듯이 흘러다닌다.

가끔씩 안개가 끼지 않는 날이면
방죽 위로 걸어가는 얼굴들은 모두 낯설다. 서로를 경계하며
바쁘게 지나가고, 맑고 쓸쓸한 아침들은 그러나
아주 드물다. 이곳은 안개의 성역이기 때문이다.

날이 어두워지면 안개는 샛강 위에
한 겹씩 그의 빠른 옷을 벗어놓는다. 순식간에 공기는
희고 딱딱한 액체로 가득 찬다. 그 속으로
식물들, 공장들이 빨려들어가고

서너 걸음 앞선 한 사내의 반쪽이 안개에 잘린다.

몇 가지 사소한 사건도 있었다.
한밤중에 여직공 하나가 겁탈당했다.
기숙사와 가까운 곳이었으나 그녀의 입이 막히자
그것으로 끝이었다. 지난겨울엔
방죽 위에서 취객 하나가 얼어 죽었다.
바로 곁을 지난 삼륜차는 그것이
쓰레기 더미인 줄 알았다고 했다. 그러나 그것은
개인적인 불행일 뿐, 안개의 탓은 아니다.

안개가 걷히고 정오 가까이
공장의 검은 굴뚝들은 일제히 하늘을 향해
젖은 총신을 겨눈다. 상처 입은 몇몇 사내들은
험악한 욕설을 해대며 이 폐수의 고장을 떠나갔지만
재빨리 사람들의 기억에서 밀려났다. 그 누구도
다시 읍으로 돌아온 사람은 없었기 때문이다.

3

아침저녁으로 샛강에 자욱이 안개가 낀다.
안개는 그 읍의 명물이다.
누구나 조금씩은 안개의 주식을 갖고 있다.
여공들의 얼굴은 희고 아름다우며
아이들은 무럭무럭 자라 모두들 공장으로 간다.

전문가

이사 온 그는 이상한 사람이었다
그의 집 담장들은 모두 빛나는 유리들로 세워졌다

골목에서 놀고 있는 부주의한 아이들이
잠깐의 실수 때문에
풍성한 햇빛을 복사해내는
그 유리담장을 박살내곤 했다

그러나 얘들아, 상관없다
유리는 또 갈아끼우면 되지
마음껏 이 골목에서 놀렴

유리를 깬 아이는 얼굴이 새빨개졌지만
이상한 표정을 짓던 다른 아이들은
아이들답게 곧 즐거워했다
견고한 송판으로 담을 쌓으면 어떨까
주장하는 아이는, 그 아름다운
골목에서 즉시 추방되었다

유리담장은 매일같이 깨어졌다
필요한 시일이 지난 후, 동네의 모든 아이들이
충실한 그의 부하가 되었다

어느 날 그가 유리담장을 떼어냈을 때, 그 골목은
가장 햇빛이 안 드는 곳임이
판명되었다, 일렬로 선 아이들은
묵묵히 벽돌을 날랐다

백야

눈이 그친다.
인천집 흐린 유리창에 불이 꺼지고
낮은 지붕들 사이에 끼인
하늘은 딱딱한 널빤지처럼 떠 있다.
가늠할 수 없는 넓이로 바람은
손쉽게 더러운 담벼락을 포장하고
싸락눈들은 비명을 지르며 튀어 오른다.
흠집투성이 흑백의 자막 속을
한 사내가 천천히 걷고 있다.
무슨 농구農具처럼 굽은 손가락들, 어디선가 빠뜨려버린
몇 병의 취기를 기억해내며 사내는
문 닫힌 상회 앞에서 마지막 담배와 헤어진다.
빈 골목은 펼쳐진 담요처럼 쓸쓸한데
싸락눈 낮은 촉광 위로 길게 흔들리는
기침 소리 몇. 검게 얼어붙은 간판 밑을 지나
휘적휘적 사내는 어디로 가는 것일까.
이 밤, 빛과 어둠을 분간할 수 없는
쾅쾅 빛나는, 이 무서운 백야
밟을수록 더욱 단단해지는 눈길을 만들며
군용 파카 속에서 칭얼거리는 어린 아들을 업은 채

조치원

사내가 달걀을 하나 건넨다.
일기예보에 의하면 1시쯤에
열차는 대전에서 진눈깨비를 만날 것이다.
스팀 장치가 엉망인 까닭에
마스크를 낀 승객 몇몇이 젖은 담배 필터 같은
기침 몇 개를 뱉어내고
쉽게 잠이 오지 않는 축축한 의식 속으로
실내등의 어두운 불빛들은 잠깐씩 꺼지곤 하였다.

서울에서 아주 떠나는 기분 이해합니까?
고향으로 가시는 길인가 보죠.
이번엔, 진짜, 낙향입니다.
달걀 껍질을 벗기다가 손끝을 다친 듯
사내는 잠시 말이 없다.
조치원에서 고등학교까지 마쳤죠. 서울 생활이란
내 삶에 있어서 하찮은 문장 위에 찍힌
방점과도 같은 것이었어요.
조치원도 꽤 큰 도회지 아닙니까?
서울은 내 둥우리가 아니었습니다. 그곳에서

지방 사람들이 더욱 난폭한 것은 당연하죠.
어두운 차창 밖에는 공중에 뜬 생선 가시처럼
놀란 듯 새하얗게 서 있는 겨울 나무들.
한때 새들을 날려 보냈던 기억의 가지들을 위하여
어느 계절까지 힘겹게 손을 들고 있는가.
간이역에서 속도를 늦추는 열차의 작은 진동에도
소스라쳐 깨어나는 사람들. 소지품마냥 펼쳐 보이는
의심 많은 눈빛이 다시 감기고
좀더 편안한 생을 차지하기 위하여
사투리처럼 몸을 뒤척이는 남자들.
발밑에는 몹쓸 꿈들이 빵봉지 몇 개로 뒹굴곤 하였다.

그러나 서울은 좋은 곳입니다. 사람들에게
분노를 가르쳐주니까요. 덕분에 저는
도둑질 말고는 다 해보았답니다.
조치원까지 사내는 말이 없다. 그곳에서
그를 기다리고 있는 것은 무엇일까. 그의 마지막 귀
향은
이것이 몇 번째일까, 나는 고개를 흔든다.

나의 졸음은 질 나쁜 성냥처럼 금방 꺼져버린다.
설령 사내를 며칠 후 서울 어느 거리에서
우연히 마주친다 한들 어떠랴. 누구나 겨울을 위하여
한 개쯤의 외투는 갖고 있는 것.

사내는 작은 가방을 들고 일어선다. 견고한 지퍼의 모
습으로
그의 입은 가지런한 이빨을 단 한 번 열어 보인다.
플랫폼 쪽으로 걸어가던 사내가
마주 걸어오던 몇몇 청년들과 부딪친다.
어떤 결의를 애써 감출 때 그렇듯이
청년들은 톱밥같이 쓸쓸해 보인다.
조치원이라 쓴 네온 간판 밑을 사내가 통과하고 있다.
나는 그때 크고 검은 한 마리 새를 본다. 틀림없이
사내는 땅 위를 천천히 날고 있다. 시간은 0시.
눈이 내린다.

나쁘게 말하다

어둠 속에서 몇 개의 그림자가 어슬렁거렸다
어떤 그림자는 캄캄한 벽에 붙어 있었다
눈치챈 차량들이 서둘러 불을 껐다
건물들마다 순식간에 문이 잠겼다
멈칫했다, 석유 냄새가 터졌다
가늘고 길쭉한 금속을 질질 끄는 소리가 들렸다
검은 잎들이 홀끔거리며 굴러갔다
손과 발이 빠르게 이동했다
담뱃불이 반짝했다, 골목으로 들어오던 행인이
날카로운 비명을 질렀다

저들은 왜 밤마다 어둠 속에 모여 있는가
저 청년들의 욕망은 어디로 가는가
사람들의 쾌락은 왜 같은 종류인가

대학 시절

나무의자 밑에는 버려진 책들이 가득하였다
은백양의 숲은 깊고 아름다웠지만
그곳에서는 나뭇잎조차 무기로 사용되었다
그 아름다운 숲에 이르면 청년들은 각오한 듯
눈을 감고 지나갔다, 돌층계 위에서
나는 플라톤을 읽었다, 그때마다 총성이 울렸다
목련철이 오면 친구들은 감옥과 군대로 흩어졌고
시를 쓰던 후배는 자신이 기관원이라고 털어놓았다
존경하는 교수가 있었으나 그분은 원체 말이 없었다
몇 번의 겨울이 지나자 나는 외톨이가 되었다
그리고 졸업이었다, 대학을 떠나기가 두려웠다

늙은 사람

그는 쉽게 들켜버린다
무슨 딱딱한 덩어리처럼
달아날 수 없는,
공원 등나무 그늘 속에 웅크린

그는 앉아 있다
최소한의 움직임만을 허용하는 자세로
나의 얼굴, 벌어진 어깨, 탄탄한 근육을 조용히 핥는
그의 탐욕스런 눈빛

나는 혐오한다, 그의 짧은 바지와
침이 흘러내리는 입과
그것을 눈치채지 못하는
허옇게 센 그의 정신과

내가 아직 한 번도 가본 적 없다는 이유 하나로
나는 그의 세계에 침을 뱉고
그가 이미 추방되어버린 곳이라는 이유 하나로
나는 나의 세계를 보호하며

단 한 걸음도
그의 틈입을 용서할 수 없다

갑자기 나는 그를 쳐다본다, 같은 순간 그는 간신히
등나무 아래로 시선을 떨어뜨린다
손으로는 쉴 새 없이 단장을 만지작거리며
여전히 입을 벌린 채
무엇인가 할 말이 있다는 듯이, 그의 육체 속에
유일하게 남아 있는 그 무엇이 거추장스럽다는 듯이

오래된 서적

내가 살아온 것은 거의
기적적이었다
오랫동안 나는 곰팡이 피어
나는 어둡고 축축한 세계에서
아무도 들여다보지 않는 질서

속에서, 텅 빈 희망 속에서
어찌 스스로의 일생을 예언할 수 있겠는가
다른 사람들은 분주히
몇몇 안 되는 내용을 가지고 서로의 기능을
넘겨보며 서표書標를 꽂기도 한다
또 어떤 이는 너무 쉽게 살았다고
말한다, 좀더 두꺼운 추억이 필요하다는

사실, 완전을 위해서라면 두께가
문제겠는가? 나는 여러 번 장소를 옮기며 살았지만
죽음은 생각도 못했다, 나의 경력은
출생뿐이었으므로, 왜냐하면
두려움이 나의 속성이며

미래가 나의 과거이므로
나는 존재하는 것, 그러므로
용기란 얼마나 무책임한 것인가, 보라

나를
한 번이라도 본 사람은 모두
나를 떠나갔다, 나의 영혼은
검은 페이지가 대부분이다, 그러니 누가 나를
펼쳐볼 것인가, 하지만 그 경우
그들은 거짓을 논할 자격이 없다
거짓과 참됨은 모두 하나의 목적을
꿈꾸어야 한다, 단
한 줄일 수도 있다

나는 기적을 믿지 않는다

어느 푸른 저녁

1

그런 날이면 언제나
이상하기도 하지, 나는
어느새 처음 보는 푸른 저녁을 걷고
있는 것이다, 검고 마른 나무들
아래로 제각기 다른 얼굴들을 한
사람들은 무엇엔가 열중하며
걸어오고 있는 것이다, 혹은 좁은 낭하를 지나
이상하기도 하지, 가벼운 구름들같이
서로를 통과해가는

나는 그것을 예감이라 부른다, 모든 움직임은 홀연히
정지
하고, 거리는 일순간 정적에 휩싸이는 것이다
보이지 않는 거대한 숨구멍 속으로 빨려들어가듯
그런 때를 조심해야 한다, 진공 속에서 진자는
곧, 아무 일 없었다는 듯이
검은 외투를 입은 그 사람들은 다시 저 아래로

태연히 걸어가고 있는 것이다, 조금씩 흔들리는
것은 무방하지 않은가
나는 그것을 본다

모랫더미 위에 몇몇 사내가 앉아 있다, 한 사내가
조심스럽게 얼굴을 쓰다듬어본다
공기는 푸른 유리병, 그러나
어둠이 내리면 곧 투명해질 것이다, 대기는
그 속에 둥글고 빈 통로를 얼마나 무수히 감추고 있는
가!
누군가 천천히 속삭인다, 여보게
우리의 생활이란 얼마나 보잘것없는 것인가
세상은 얼마나 많은 법칙들을 숨기고 있는가
나는 그를 향해 고개를 돌린다, 그러나 느낌은 구체적
으로
언제나 뒤늦게 온다, 아무리 빠른 예감이라도
이미 늦은 것이다 이미
그곳에는 아무도 없다

2

가장 짧은 침묵 속에서 사람들은
얼마나 많은 결정들을 한꺼번에 내리는 것일까
나는 까닭 없이 고개를 갸우뚱해본다
둥글게 무릎을 기운 차가운 나무들, 혹은
곧 유리창을 쏟아버릴 것 같은 검은 건물들 사이를
지나
낮은 소리들을 주고받으며
사람들은 걸어오는 것이다
몇몇은 딱딱해 보이는 모자를 썼다
이상하기도 하지, 가벼운 구름들같이
서로를 통과해가는
나는 그것을 습관이라 부른다, 또다시 모든 움직임은
홀연히 정지
하고, 거리는 일순간 정적에 휩싸이는 것이다, 그러나
안심하라, 감각이여! 아무 일 없었다는 듯이
검은 외투를 입은 그 사람들은 다시 저 아래로
태연히 걸어가고 있는 것이다

어느 투명한 저녁

아무 일 없었다는 듯이
모든 신비로부터 자신을 보호하기 위하여

오후 4시의 희망

김숲은 블라인드를 내린다, 무엇인가
생각해야 한다, 나는 침묵이 두렵다
침묵은 그러나 얼마나 믿음직한 수표인가
내 나이를 지나간 사람들이 내게 그걸 가르쳤다
김은 주저앉는다, 어쩔 수 없이 이곳에
한번 꽂히면 어떤 건물도 도시를 빠져나가지 못했다
김은 중얼거린다, 이곳에는 죽음도 살지 못한다
나는 오래전부터 그것과 섞였다, 습관은 아교처럼 안
전하다
김은 비스듬히 몸을 기울여본다, 쏟아질 그 무엇이 남
아 있다는 듯이
그러나 물을 끝없이 갈아주어도 저 꽃은 죽고 말 것이
다, 빵 껍데기처럼
김은 상체를 구부린다, 빵 부스러기처럼
내겐 얼마나 사건이 많았던가, 콘크리트처럼 나는 잘
참아왔다
그러나 경험 따위는 자랑하지 말게, 그가 텅텅 울린다,
여보게
놀라지 말게, 아까부터 줄곧 자네 뒤쪽에 앉아 있었네

김은 약간 몸을 부스럭거린다, 이봐, 우린 언제나

　서류 뭉치처럼 속에 나란히 붙어 있네, 김은 어깨를 으쓱해 보인다

　아주 얌전히 명함이나 타이프 용지처럼

　햇빛 한 장이 들어온다, 김은 블라인드 쪽으로 다가간다

　그러나 가볍게 건드려도 모두 무너진다, 더 이상 무너지지 않으려면 모든 것을 포기해야 하네

　김은 그를 바라본다, 그는 김 쪽을 향해 가볍게 손가락을

　튕긴다, 무너질 것이 남아 있다는 것은 얼마나 즐거운가

　즐거운가, 과장을 즐긴다는 것은 얼마나 지루한가

　김은 중얼거린다, 누군가 나를 망가뜨렸으면 좋겠네, 그는 중얼거린다

　나는 어디론가 나가게 될 것이다, 이 도시 어디서든

　나는 당황하지 않을 것이다, 그래서 나는 당황할 것이다

　그가 김을 바라본다, 김이 그를 바라본다

한번 꽂히면 김도, 어떤 생각도, 그도 이 도시를 빠져
나가지 못한다

김은, 그는 천천히 눈을 감는다, 나는 블라인드를 튼튼
히 내렸었다

또다시 어리석은 시간이 온다, 김은 갑자기 눈을 뜬다,
갑자기 그가 울음을 터뜨린다, 갑자기

모든 것이 엉망이다, 예정된 모든 무너짐은 얼마나 질
서정연한가

김은 얼굴이 이그러진다

장밋빛 인생

문을 열고 사내가 들어온다
모자를 벗자 그의 남루한 외투처럼
희끗희끗한 반백의 머리카락이 드러난다
삐걱이는 나무의자에 자신의 모든 것을 밀어 넣고
그는 건장하고 탐욕스러운 두 손으로
우스꽝스럽게도 작은 컵을 움켜쥔다
단 한 번이라도 저 커다란 손으로 그는
그럴듯한 상대의 목덜미를 쥐어본 적이 있었을까
사내는 말이 없다, 그는 함부로 자신의 시선을 사용하
지 않는 대신
한곳을 향해 그 어떤 체험들을 착취하고 있다
숱한 사건들의 매듭을 풀기 위해, 얼마나 가혹한 많은
방문객들을
저 시선은 노려보았을까, 여러 차례 거듭되는
의혹과 유혹을 맛본 자들의 그것처럼
그 어떤 육체의 무질서도 단호히 거부하는 어깨
어찌 보면 그 어떤 질투심에 스스로 감격하는 듯한 입
술
분명 우두머리를 꿈꾸었을, 머리카락에 가리워진 귀

그러나 누가 감히 저 사내의 책임을 뒤집어쓰랴

사내는 여전히 말이 없다, 비로소 생각났다는 듯이

그는 두툼한 외투 속에서 무엇인가 끄집어낸다

고독의 완강한 저항을 뿌리치며, 어떤 대결도 각오하
겠다는 듯이

사내는 주위를 두리번거린다, 얼굴 위를 걸어 다니는
저 표정

삐걱이는 나무의자에 자신의 모든 것을 밀어 넣고

사내는 그것으로 탁자 위를 파내기 시작한다

건장한 덩치를 굽힌 채, 느릿느릿

그러나 허겁지겁, 스스로의 명령에 힘을 넣어가며

나는 인생을 증오한다

여행자

그는 말을 듣지 않는 자신의 육체를 침대 위에 집어 던진다

그의 마음속에 가득 찬, 오래된 잡동사니들이 일제히 절그럭거린다

이 목소리는 누구의 것인가, 무슨 이야기부터 해야 할 것인가

나는 이곳까지 열심히 걸어왔었다, 시무룩한 낯짝을 보인 적도 없다

오오, 나는 알 수 없다, 이곳 사람들은 도대체 무엇을 보고 내 정체를 눈치챘을까

그는 탄식한다, 그는 완전히 다르게 살고 싶었다, 나에게도 그만한 권리는 있지 않은가

모퉁이에서 마주친 노파, 술집에서 만난 고양이까지 나를 거들떠보지도 않았다

중얼거린다, 무엇이 그를 이곳까지 질질 끌고 왔는지, 그는 더 이상 기억도 못 한다

그럴 수도 있다, 그는 낡아빠진 구두에 쑤셔 박힌, 길쭉하고 가늘은

자신의 다리를 바라보고 동물처럼 울부짖는다, 그렇다면 도대체 또 어디로 간단 말인가!

진눈깨비

때마침 진눈깨비 흩날린다
코트 주머니 속에는 딱딱한 손이 들어 있다
저 눈발은 내가 모르는 거리를 저벅거리며
여태껏 내가 한 번도 본 적이 없는
사내들과 건물들 사이를 헤맬 것이다
눈길 위로 사각의 서류 봉투가 떨어진다, 허리를 나는
굽히다 말고
생각한다, 대학을 졸업하면서 참 많은 각오를 했었다
내린다 진눈깨비, 놀랄 것 없다, 변덕이 심한 다리여
이런 귀갓길은 어떤 소설에선가 읽은 적이 있다
구두 밑창으로 여러 번 불러낸 추억들이 밟히고
어두운 골목길엔 불 켜진 빈 트럭이 정거해 있다
취한 사내들이 쓰러진다, 생각난다 진눈깨비 뿌리던 날
하루종일 버스를 탔던 어린 시절이 있었다
낡고 흰 담벼락 근처에 모여 사람들이 눈을 턴다
진눈깨비 쏟아진다, 갑자기 눈물이 흐른다, 나는 불행
하다
이런 것은 아니었다, 나는 일생 몫의 경험을 다했다,
진눈깨비

죽은 구름

구름으로 가득 찬 더러운 창문 밑에
한 사내가 쓰러져 있다, 마룻바닥 위에
그의 손은 장난감처럼 뒤집혀져 있다
이런 기회가 오기를 기다려온 것처럼
비닐백의 입구같이 입을 벌린 저 죽음
감정이 없는 저 몇 가지 음식들도
마지막까지 사내의 혀를 괴롭혔을 것이다
이제는 힘과 털이 빠진 개 한 마리가 접시를 노린다
죽은 사내가 살았을 때, 나는 그를 몇 번인가 본 적이
있다
그를 사람들은 미치광이라고 했다, 술과 침이 가득 묻
은 저
엎어진 망토를 향해, 백동전을 던진 적도 있다
아무도 모른다, 오직 자신만이 홀로 즐겼을 생각
끝끝내 들키지 않았을 은밀한 성욕과 슬픔
어느 한때 분명 쓸모가 있었을 저 어깨의 근육
그러나 우울하고 추악한 맨발 따위는
동정심 많은 부인들을 위한 선물이었으리
어쨌든 구름들이란 매우 조심스럽게 관찰해야 한다

미치광이, 이젠 빗방울조차 두려워 않을 죽은 사내
자신감을 얻은 늙은 개는 접시를 엎지르고
마루 위엔 사람의 손을 닮은 흉측한 얼룩이 생기는 동안
두 명의 경관이 들어와 느릿느릿 대화를 나눈다
어느 고장이건 한두 개쯤 이런 빈집이 있더군,
이따위 미치광이들이 어떻게 알고 찾아와 죽어갈까
더 이상의 흥미를 갖지 않는 늙은 개도 측은하지만
아무도 모른다, 저 홀로 없어진 구름은
처음부터 창문의 것이 아니었으니

흔해빠진 독서

휴일의 대부분은 죽은 자들에 대한 추억에 바쳐진다
죽은 자들은 모두가 겸손하며, 그 생애는 이해하기
쉽다
나 역시 여태껏 수많은 사람들을 허용했지만
때때로 죽은 자들에게 나를 빌려주고 싶을 때가 있다
수북한 턱수염이 매력적인 이 두꺼운 책의 저자는
의심할 여지 없이 불행한 생을 보냈다, 위대한 작가들
이란
대부분 비슷한 삶을 살다 갔다, 그들이 선택할 삶은 이
제 없다
몇 개의 도회지를 방랑하며 청춘을 탕진한 작가는
엎질러진 것이 가난뿐인 거리에서 일자리를 찾는 중
이다
그는 분명 그 누구보다 인생의 고통을 잘 이해하게 되
겠지만
종잇장만 바스락거릴 뿐, 틀림없이 나에게 관심이 없다
그럴 때마다 내 손가락들은 까닭 없이 성급해지는 것
이다
휴일이 지나가면 그뿐, 그 누가 나를 빌려가겠는가

나는 분명 감동적인 충고를 늘어놓을 저자를 눕혀두고
여느 때와 다를 바 없는 저녁의 거리로 나간다
휴일의 행인들은 하나같이 곧 울음을 터뜨릴 것만 같다
그러면 종종 묻고 싶어진다, 내 무시무시한 생애는
얼마나 매력적인가, 이 거추장스러운 마음을 망치기
위해
가엾게도 얼마나 많은 사람들과 흙탕물 주위를 나는
기웃거렸던가!
그러면 그대들은 말한다, 당신 같은 사람은 너무 많이
읽었다고
대부분 쓸모없는 죽은 자들을 당신이 좀 덜어가달라고

추억에 대한 경멸

손님이 돌아가자 그는 마침내 혼자가 되었다
어슴푸레한 겨울 저녁, 집 밖을 찬바람이 떠다닌다
유리창의 얼음을 뜯어내다 말고, 사내는 주저앉는다
아아, 오늘은 유쾌한 하루였다, 자신의 나지막한 탄식에
사내는 걷잡을 수 없이 불쾌해진다, 저 성가신 고양이
그는 불을 켜기 위해 방 안을 가로질러야 한다
나무토막 같은 팔을 쳐들면서 사내는, 방이 너무 크다
왜냐하면, 하고 중얼거린다, 나에게도 추억거리는 많다
아무도 내가 살아온 내용에 간섭하면 안 된다
몇 장의 사진을 들여다보던 사내가 한숨을 쉰다
이건 여인숙과 다를 바 없구나, 모자라도 뒤집어쓸까
어쩌다가 이봐, 책임질 밤과 대낮들이 아직 얼마인가
사내는 머리를 끄덕인다, 가스레인지는 차갑게 식어
있다
   그렇다, 이런 밤은 저 게으른 사내에게 너무 가혹하다
   내가 차라리 늙은이였다면! 그는 사진첩을 내동댕이
친다
   추억은 이상하게 중단된다, 그의 커다란 슬리퍼가 벗
겨진다

손아귀에서 몸부림치는 작은 고양이, 날카로운 이빨
사이로 독한 술을 쏟아붓는, 저 헐떡이는, 사내

길 위에서 중얼거리다

그는 어디로 갔을까
너희 흘러가버린 기쁨이여
한때 내 육체를 사용했던 이별들이여
찾지 말라, 나는 곧 무너질 것들만 그리워했다
이제 해가 지고 길 위의 기억은 흐려졌으니
공중엔 희고 둥그런 자국만 뚜렷하다
물들은 소리 없이 흐르다 굳고
어디선가 굶주린 구름들은 몰려왔다
나무들은 그리고 황폐한 내부를 숨기기 위해
크고 넓은 이파리들을 가득 피워냈다
나는 어디로 가는 것일까, 돌아갈 수조차 없이
이제는 너무 멀리 떠내려온 이 길
구름들은 길을 터주지 않으면 곧 사라진다
눈을 감아도 보인다

어둠 속에서 중얼거린다
나를 찾지 말라…… 무책임한 탄식들이여
길 위에서 일생을 그르치고 있는 희망이여

물 속의 사막

밤 세 시, 길 밖으로 모두 흘러간다 나는 금지된다
장맛비 빈 빌딩에 퍼붓는다
물 위를 읽을 수 없는 문장들이 지나가고
나는 더 이상 인기척을 내지 않는다

유리창, 푸른 옥수수잎 흘러내린다
무정한 옥수수나무…… 나는 천천히 발음해본다
석탄가루를 뒤집어쓴 흰 개는
그해 장마 통에 집을 버렸다

비닐집, 비에 잠겼던 흙탕마다
잎들은 각오한 듯 무성했지만
의심이 많은 자의 침묵은 아무것도 통과하지 못한다
밤 도시의 환한 빌딩은 차디차다

장맛비, 아버지 얼굴 떠내려오신다
유리창에 잠시 붙어 입을 벌린다
나는 헛것을 살았다, 살아서 헛것이었다
우수수 아버지 지워진다, 빗줄기와 몸을 바꾼다

아버지, 비에 묻는다 내 단단한 각오들은 어디로 갔을
까?
번들거리는 검은 유리창, 와이셔츠 흰빛은 터진다
미친 듯이 소리친다, 빌딩 속은 악몽조차 젖지 못한다
물들은 집을 버렸다! 내 눈 속에는 물들이 살지 않는다

정거장에서의 충고

미안하지만 나는 이제 희망을 노래하련다
마른 나무에서 연거푸 물방울이 떨어지고
나는 천천히 노트를 덮는다
저녁의 정거장에 검은 구름은 멎는다
그러나 추억은 황량하다, 군데군데 쓰러져 있던
개들은 황혼이면 처량한 눈을 껌벅일 것이다
물방울은 손등 위를 굴러다닌다, 나는 기우뚱
망각을 본다, 어쩌다가 집을 떠나왔던가
그곳으로 흘러가는 길은 이미 지상에 없으니
추억이 덜 깬 개들은 내 딱딱한 손을 깨물 것이다
구름은 나부낀다, 얼마나 느린 속도로 사람들이 죽어
갔는지
얼마나 많은 나뭇잎들이 그 좁고 어두운 입구로 들이
닥쳤는지
내 노트는 알지 못한다, 그동안 의심 많은 길들은
끝없이 갈라졌으니 혀는 흉기처럼 단단하다
물방울이여, 나그네의 말을 귀담아들어선 안 된다
주저앉으면 그뿐, 어떤 구름이 비가 되는지 알게 되리
그렇다면 나는 저녁의 정거장을 마음속에 옮겨놓는다

내 희망을 감시해온 불안의 짐짝들에게 나는 쓴다
이 누추한 육체 속에 얼마든지 머물다 가시라고
모든 길들이 흘러온다, 나는 이미 늙은 것이다

가는 비 온다

간판들이 조금씩 젖는다
나는 어디론가 가기 위해 걷고 있는 것이 아니다
둥글고 넓은 가로수 잎들은 떨어지고
이런 날 동네에서는 한 소년이 죽기도 한다.
저 식물들에게 내가 그러나 해줄 수 있는 일은 없다
언젠가 이곳에 인질극이 있었다
범인은 「휴일」이라는 노래를 틀고 큰 소리로 따라 부
르며
  자신의 목을 긴 유리조각으로 그었다
지금은 한 여자가 그 집에 산다
그 여자는 대단히 고집 센 거위를 기른다
가는 비……는 사람들의 바지를 조금 적실 뿐이다
그렇다면 죽은 사람의 음성은 이제 누구의 것일까
이 상점은 어쩌다 간판을 바꾸었을까
도무지 쓸데없는 것들에 관심이 많다고
우산을 쓴 친구들은 나에게 지적한다
이 거리 끝에는 커다란 전당포가 있다, 주인의 얼굴은
  아무도 모른다, 사람들은 시간을 빌리러 뒤뚱뒤뚱 그
곳에 간다

이를테면 빗방울과 장난을 치는 저 거위는
식탁에 오를 나날 따위엔 관심이 없다
나는 안다, 가는 비……는 사람을 선택하지 않으며
누구도 죽음에게 쉽사리 자수하지 않는다
그러나 어쩌랴, 하나뿐인 입들을 막아버리는
가는 비…… 오는 날, 사람들은 모두 젖은 길을 걸어야
한다

기억할 만한 지나침

그리고 나는 우연히 그곳을 지나게 되었다
눈은 퍼부었고 거리는 캄캄했다
움직이지 못하는 건물들은 눈을 뒤집어쓰고
희고 거대한 서류 뭉치로 변해갔다
무슨 관공서였는데 희미한 불빛이 새어 나왔다
유리창 너머 한 사내가 보였다
그 춥고 큰 방에서 서기書記는 혼자 울고 있었다!
눈은 퍼부었고 내 뒤에는 아무도 없었다
침묵을 달아나지 못하게 하느라 나는 거의 고통스러
웠다
어떻게 해야 할까, 나는 중지시킬 수 없었다
나는 그가 울음을 그칠 때까지 창밖에서 떠나지 못했다

그리고 나는 우연히 지금 그를 떠올리게 되었다
밤은 깊고 텅 빈 사무실 창밖으로 눈이 퍼붓는다
나는 그 사내를 어리석은 자라고 생각하지 않는다

질투는 나의 힘

아주 오랜 세월이 흐른 뒤에
힘없는 책갈피는 이 종이를 떨어뜨리리
그때 내 마음은 너무나 많은 공장을 세웠으니
어리석게도 그토록 기록할 것이 많았구나
구름 밑을 천천히 쏘다니는 개처럼
지칠 줄 모르고 공중에서 머뭇거렸구나
나 가진 것 탄식밖에 없어
저녁 거리마다 물끄러미 청춘을 세워두고
살아온 날들을 신기하게 세어보았으니
그 누구도 나를 두려워하지 않았으니
내 희망의 내용은 질투뿐이었구나
그리하여 나는 우선 여기에 짧은 글을 남겨둔다
나의 생은 미친 듯이 사랑을 찾아 헤매었으나
단 한 번도 스스로를 사랑하지 않았노라

가수는 입을 다무네

걸어가면서도 나는 기억할 수 있네
그때 나의 노래 죄다 비극이었으나
단순한 여자들은 나를 둘러쌌네
행복한 난투극들은 모두 어디로 갔나
어리석었던 청춘을, 나는 욕하지 않으리

흰 김이 피어오르는 골목에 떠밀려
그는 갑자기 가랑비와 인파 속에 뒤섞인다
그러나 그는 다른 사람들과 전혀 구별되지 않는다
모든 세월이 떠돌이를 법으로 몰아냈으니
너무 많은 거리가 내 마음을 운반했구나
그는 천천히 얇고 검은 입술을 다문다
가랑비는 조금씩 그의 머리카락을 적신다
한마디로 입구 없는 삶이었지만
모든 것을 취소하고 싶었던 시절도 아득했다
나를 괴롭힐 장면이 아직도 남아 있을까
모퉁이에서 그는 외투 깃을 만지작거린다
누군가 나의 고백을 들어주었으면 좋으련만
그가 누구든 엄청난 추억을 나는 지불하리라

그는 걸음을 멈춘다, 어느새 다 젖었다
언제부턴가 내 얼굴은 까닭 없이 눈을 찌푸리고
내 마음은 고통에게서 조용히 버림받았으니
여보게, 삶은 떠돌이들을 한군데 쓸어담지 않는다,
그는
　무슨 영화의 주제가처럼 가족도 없이 흘러온 것이다
　그의 입술은 마른 가랑잎, 모든 깨달음은 뒤늦은 것
이니
　따라가보면 축축한 등 뒤로 이런 웅얼거림도 들린다

　어떠한 날씨도 이 거리를 바꾸지 못하리
　검은 외투를 입은 중년 사내 혼자
　가랑비와 인파 속을 걷고 있네
　너무 먼 거리여서 표정은 알 수 없으나
　강조된 것은 사내도 가랑비도 아니었네

홀린 사람

사회자가 외쳤다
여기 일생 동안 이웃을 위해 산 분이 계시다
이웃의 슬픔은 이분의 슬픔이었고
이분의 슬픔은 이글거리는 빛이었다
사회자는 하늘을 걸고 맹세했다
이분은 자신을 위해 푸성귀 하나 심지 않았다
눈물 한 방울도 자신을 위해 흘리지 않았다
사회자는 흐느꼈다
보라, 이분은 당신들을 위해 청춘을 버렸다
당신들을 위해 죽을 수도 있다
그분은 일어서서 흐느끼는 사회자를 제지했다
군중들은 일제히 그분에게 박수를 쳤다
사내들은 울먹였고 감동한 여인들은 실신했다
그때 누군가 그분에게 물었다, 당신은 신인가
그분은 목소리를 향해 고개를 돌렸다
당신은 유령인가, 목소리가 물었다
저 미치광이를 끌어내, 사회자가 소리쳤다
사내들은 달려갔고 분노한 여인들은 날뛰었다
그분은 성난 사회자를 제지했다

군중들은 일제히 그분에게 박수를 쳤다
사내들은 울먹였고 감동한 여인들은 실신했다
그분의 답변은 군중들의 아우성 때문에 들리지 않았다

입 속의 검은 잎

택시 운전사는 어두운 창밖으로 고개를 내밀어
이따금 고함을 친다, 그때마다 새들이 날아간다
이곳은 처음 지나는 벌판과 황혼,
나는 한 번도 만난 적 없는 그를 생각한다

그 일이 터졌을 때 나는 먼 지방에 있었다
먼지의 방에서 책을 읽고 있었다
문을 열면 벌판에는 안개가 자욱했다
그해 여름 땅바닥은 책과 검은 잎들을 질질 끌고 다
녔다
접힌 옷가지를 펼칠 때마다 흰 연기가 튀어나왔다
침묵은 하인에게 어울린다고 그는 썼다
나는 그의 얼굴을 한 번 본 적이 있다
신문에서였는데 고개를 조금 숙이고 있었다
그리고 그 일이 터졌다, 얼마 후 그가 죽었다

그의 장례식은 거센 비바람으로 온통 번들거렸다
죽은 그를 실은 차는 참을 수 없이 느릿느릿 나아갔다
사람들은 장례식 행렬에 악착같이 매달렸고

백색의 차량 가득 검은 잎들은 나부꼈다
나의 혀는 천천히 굳어갔다, 그의 어린 아들은
잎들의 포위를 견디다 못해 울음을 터뜨렸다
그해 여름 많은 사람들이 무더기로 없어졌고
놀란 자의 침묵 앞에 불쑥불쑥 나타났다
망자의 혀가 거리에 흘러넘쳤다
택시 운전사는 이따금 뒤를 돌아다본다
나는 저 운전사를 믿지 못한다, 공포에 질려
나는 더듬거린다, 그는 죽은 사람이다
그 때문에 얼마나 많은 장례식들이 숨죽여야 했던가
그렇다면 그는 누구인가, 내가 가는 곳은 어디인가
나는 더 이상 대답하지 않으면 안 된다, 어디서
그 일이 터질지 아무도 모른다, 어디든지
가까운 지방으로 나는 가야 하는 것이다
이곳은 처음 지나는 벌판과 황혼,
내 입 속에 악착같이 매달린 검은 잎이 나는 두렵다

그날

　어둑어둑한 여름날 아침 낡은 창문 틈새로 빗방울이 들이친다. 어두운 방 한복판에서 김金은 짐을 싸고 있다. 그의 트렁크가 가장 먼저 접수한 것은 김의 넋이다. 창문 밖에는 엿보는 자 없다. 마침내 전날 김은 직장과 헤어졌다. 잠시 동안 김은 무표정하게 침대를 바라본다. 모든 것을 알고 있는 침대는 말이 없다. 비로소 나는 풀려나간다, 김은 자신에게 속삭인다, 마침내 세상의 중심이 되었다.

　나를 끌고 다녔던 몇 개의 길을 나는 영원히 추방한다. 내 생의 주도권은 이제 마음에서 육체로 넘어갔으니 지금부터 나는 길고도 오랜 여행을 떠날 것이다. 내가 지나치는 거리마다 낯선 기쁨과 전율은 가득 차리니 어떠한 권태도 더 이상 내 혀를 지배하면 안 된다.

　모든 의심을 짐을 꾸리면서 김은 거둔다. 어둑어둑한 여름날 아침 창문 밖으로 보이는 젖은 길은 침대처럼 고요하다. 마침내 낭하가 텅텅 울리면서 문이 열린다. 잠시 동안 김은 무표정하게 거리를 바라본다. 김은 천천히 손잡이를 놓는다. 마침내 희망과 걸음이 동시에 떨어진다.

그 순간, 쇠뭉치 같은 트렁크가 김을 쓰러뜨린다. 그곳에서 계집아이 같은 가늘은 울음소리가 터진다. 주위에는 아무도 없다. 빗방울은 은퇴한 노인의 백발 위로 들이친다.

II

바람은 그대 쪽으로

어둠에 가려 나는 더 이상 나뭇가지를 흔들지 못한다. 단 하나의 영혼을 준비하고 발소리를 죽이며 나는 그대 창문으로 다가간다. 가축들의 순한 눈빛이 만들어내는 희미한 길 위에는 가지를 막 떠나는 긴장한 이파리들이 공중 빈 곳을 찾고 있다. 외롭다. 그대, 내 낮은 기침 소리가 그대 단편의 잠 속에서 끼어들 때면 창틀에 조그만 램프를 켜다오. 내 그리움의 거리는 너무 멀고 침묵은 언제나 이리저리 나를 끌고 다닌다. 그대는 아주 늦게 창문을 열어야 한다. 불빛은 너무 약해 벌판을 잡을 수 없고, 갸우뚱 고개 젓는 그대 한숨 속으로 언제든 나는 들어가고 싶었다. 아아, 그대는 곧 입김을 불어 한 잎의 불을 끄리라. 나는 소리 없이 가장 작은 나뭇가지를 꺾는다. 그 나뭇가지 뒤에 몸을 숨기고 나는 내가 끝끝내 갈 수 없는 생의 벽지僻地를 조용히 바라본다. 그대, 저 고단한 등피燈皮를 다 닦아내는 박명의 시간, 흐려지는 어둠 속에서 몇 개의 움직임이 그치고 지친 바람이 짧은 휴식을 끝마칠 때까지.

10월

1

흩어진 그림자들, 모두
한곳으로 모이는
그 어두운 정오의 숲속으로
이따금 나는 한 개 짧은 그림자가 되어
천천히 걸어 들어간다
쉽게 조용해지는 나의 빈 손바닥 위에 가을은
둥글고 단단한 공기를 쥐어줄 뿐
그리고 나는 잠깐 동안 그것을 만져볼 뿐이다
나무들은 언제나 마지막이라 생각하며
작은 이파리들을 떨구지만
나의 희망은 이미 그런 종류의 것이 아니었다

너무 어두워지면 모든 추억들은
갑자기 거칠어진다
내 뒤에 있는 캄캄하고 필연적인 힘들에 쫓기며
나는 내 침묵의 심지를 조금 낮춘다
공중의 나뭇잎 수효만큼 검은
옷을 입은 햇빛들 속에서 나는

곰곰이 내 어두움을 생각한다, 어디선가 길다란 연기
들이 날아와
  희미한 언덕을 만든다, 빠짐없이 되살아나는
  내 젊은 날의 저녁들 때문이다

  한때 절망이 내 삶의 전부였던 적이 있었다
  그 절망의 내용조차 잊어버린 지금
  나는 내 삶의 일부분도 알지 못한다
  이미 대지의 맛에 익숙해진 나뭇잎들은
  내 초라한 위기의 발목 근처로 어지럽게 떨어진다
  오오, 그리운 생각들이란 얼마나 죽음의 편에 서 있는가
  그러나 내 사랑하는 시월의 숲은
  아무런 잘못도 없다

2

  자고 일어나면 머리맡의 촛불은 이미 없어지고
  하얗고 딱딱한 옷을 입은 빈 병만 우두커니 나를 쳐다
본다

이 겨울의 어두운 창문

어느 영혼이기에 아직도 가지 않고 문밖에서 서성이고 있느냐. 네 얼마나 세상을 축복하였길래 밤새 그 외로운 천형을 견디며 매달려 있느냐. 푸른 간유리 같은 대기 속에서 지친 별들 서둘러 제 빛을 끌어모으고 고단한 달도 야윈 낮의 형상으로 공중 빈 밭에 힘없이 걸려 있다.

아느냐, 내 일찍이 나를 떠나보냈던 꿈의 짐들로 하여 모든 응시들을 힘겨워하고 높고 험한 언덕들을 피해 삶을 지나다녔더니, 놀라워라. 가장 무서운 방향을 택하여 제 스스로 힘을 겨누는 그대, 기쁨을 숨긴 공포여, 단단한 확신의 즙액이여.

보아라, 쉬운 믿음은 얼마나 평안한 산책과도 같은 것이냐. 어차피 우리 모두 허물어지면 그뿐, 건너가야 할 세상 모두 가라앉으면 비로소 온갖 근심들 사라질 것을. 그러나 내 어찌 모를 것인가. 내 생 뒤에도 남아 있을 망가진 꿈들, 환멸의 구름들, 그 불안한 발자국 소리에 괴로워할 나의 죽음들.

오오, 모순이여, 오르기 위하여 떨어지는 그대. 어느 영혼이기에 이 밤 새이도록 끝없는 기다림의 직립으로 매달린 꿈의 뼈가 되어 있는가. 곧이어 몹쓸 어둠이 걷히면 떠날 것이냐. 한때 너를 이루었던 검고 투명한 물의 날개로 떠오르려는가. 나 또한 얼마만큼 오래 냉각된 꿈속을 뒤척여야 진실로 즐거운 액체가 되어 내 생을 적실 것인가. 공중에는 빛나는 달의 귀 하나 걸려 고요히 세상을 엿듣고 있다. 오오, 네 어찌 죽음을 비웃을 것이냐 삶을 버려둘 것이냐, 너 사나운 영혼이여! 고드름이여.

포도밭 묘지 1

주인은 떠나 없고 여름이 가기도 전에 황폐해버린 그
해 가을, 포도밭 등성이로 저녁마다 한 사내의 그림자가
거대한 조명 속에서 잠깐씩 떠오르다 사라지는 풍경 속
에서 내 약시弱視의 산책은 비롯되었네. 친구여, 그해 가
을 내내 나는 적막과 함께 살았다. 그때 내가 데리고 있
던 헛된 믿음들과 그 뒤에서 부르던 작은 충격들을 지금
도 나는 기억하고 있네. 나는 그때 왜 그것을 몰랐을까.
희망도 아니었고 죽음도 아니었어야 할 그 어둡고 가벼
웠던 종교들을 나는 왜 그토록 무서워했을까. 목마른 내
발자국마다 검은 포도알들은 목적도 없이 떨어지고 그때
마다 고개를 들면 어느 틈엔가 낯선 풀잎의 자손들이 날
아와 벌판 가득 흰 연기를 피워 올리는 것을 나는 한참이
나 바라보곤 했네. 어둠은 언제든지 살아 있는 것들의 그
림자만 골라 디디며 포도밭 목책으로 걸어왔고 나는 내
정신의 모두를 폐허로 만들면서 주인을 기다렸다. 그러
나 기다림이란 마치 용서와도 같아 언제나 육체를 지치
게 하는 법. 하는 수 없이 내 지친 발을 타일러 몇 개의 움
직임을 만들다 보면 버릇처럼 이상한 무질서도 만나곤
했지만 친구여, 그때 이미 나에게는 흘릴 눈물이 남아 있

지 않았다. 그리하여 내 정든 포도밭에서 어느 하루 한 알 새파란 소스라침으로 떨어져 촛농처럼 누운 밤이면 어둠도, 숨죽인 희망도 내게는 너무나 거추장스러웠네. 기억한다. 그해 가을 주인은 떠나 없고 그리움이 몇 개 그릇처럼 아무렇게나 사용될 때 나는 떨리는 손으로 짧은 촛불들을 태우곤 했다. 그렇게 가을도 가고 몇 잎 남은 추억들마저 천천히 힘을 잃어갈 때 친구여, 나는 그때 수천의 마른 포도 이파리가 떠내려가는 놀라운 공중空中을 만났다. 때가 되면 태양도 스스로의 빛을 아껴두듯이 나 또한 내 지친 정신을 가을 속에서 동그랗게 보호하기 시작했으니 나와 죽음은 서로를 지배하는 각자의 꿈이 되었네. 그러나 나는 끝끝내 포도밭을 떠나지 못했다. 움직이는 것은 아무것도 없었지만 나는 모든 것을 바꾸었다. 그리하여 어느 날 기척 없이 새끼줄을 들치고 들어선 한 사내의 두려운 눈빛을 바라보면서 그가 나를 주인이라 부를 때마다 아, 나는 황망히 고개 돌려 캄캄한 눈을 감았네. 여름이 가기도 전에 모든 이파리 땅으로 돌아간 포도밭, 참담했던 그해 가을, 그 빈 기쁨들을 지금 쓴다 친구여.

포도밭 묘지 2

아아, 그때의 빛이여. 빛 주위로 뭉치는 어둠이여. 서편 하늘 가득 실신한 청동의 구름 떼여. 목책 안으로 툭툭 떨어져 내리던 무엄한 새들이여. 쓴 물 밖으로 소스라치며 튀어나오던 미친 꽃들이여. 나는 끝을 알 수 없는 질투심에 휩싸여 너희들을 기다리리. 내 속의 모든 움직임이 그치고 탐욕을 향한 덩굴손에서 방황의 물기가 빠질 때까지.

밤은 그렇게 왔다. 포도 압착실 앞 커다란 등받이의자에 붙어 한 잎 식물의 눈으로 바라보면 어둠은 화염처럼 고요해지고 언제나 내 눈물을 불러내는 저 깊은 공중空中들. 기억하느냐, 그해 가을 그 낯선 저녁 옻나무 그림자 속을 홀연히 스쳐가던 천사의 검은 옷자락과 아아, 더욱 높이 흔들리던 그 머나먼 주인의 임종. 종자從者여, 네가 격정을 사로잡지 못하여 죽음을 환난과 비교한다면 침묵의 구실을 만들기 위해 네가 울리는 낮은 종소리는 어찌 저 놀라운 노을을 설명할 수 있겠느냐. 저 공중의 욕망은 어둠을 지치도록 내버려두지 않고 종교는 아직도 지상에서 헤맨다. 묻지 말라, 이곳에서 너희가 완전히 불행해

질 수 없는 이유는 신이 우리에게 괴로워할 권리를 스스
로 사들이는 법을 아름다움이라 가르쳤기 때문이다. 밤
은 그렇게 왔다. 비로소 너희가 전 생애의 쾌락을 슬픔에
걸듯이 믿음은 부재 속에서 싹트고 다시 그 믿음은 부재
의 씨방 속으로 돌아가 영원히 쉴 것이니, 골짜기는 정적
에 싸이고 우리가 그 정적을 사모하듯이 어찌 비밀을 숭
배하는 무리가 많지 않으랴. 밤은 그렇게 노여움을 가장
한 모습으로 찾아와 어두운 실내의 램프불을 돋우고 우
리의 후회들로 빚어진 주인의 말씀은 정신의 헛된 식욕
처럼 아름답다. 듣느냐, 이 세상 끝 간 곳엔 한 자락 바람
도 일지 않았더라. 어떠한 슬픔도 그 끝에 이르면 짓궂은
변증의 쾌락으로 치우침을 네가 아느냐. 밤들어 새앙쥐
를 물어뜯는 더러운 달빛 따라가며 휘파람 부는 작은 풀
벌레들의 그 고요한 입술을 보았느냐. 햇빛은 또 다른 고
통을 위하여 빛나는 나무의 알을 잉태하느니 종자從者여,
그 놀라운 보편을 진실로 네가 믿느냐.

숲으로 된 성벽

저녁노을이 지면
신들의 상점엔 하나둘 불이 켜지고
농부들은 작은 당나귀들과 함께
성안으로 사라지는 것이었다
성벽은 울창한 숲으로 된 것이어서
누구나 사원을 통과하는 구름 혹은
조용한 공기들이 되지 않으면
한 걸음도 들어갈 수 없는 아름답고
신비로운 그 성

어느 골동품 상인이 그 숲을 찾아와
몇 개 큰 나무들을 잘라내고 들어갔다
그곳에는…… 아무것도 없었다, 그가 본 것은
쓰러진 나무들뿐, 잠시 후
그는 그 공터를 떠났다

농부들은 아직도 그 평화로운 성에 살고 있다
물론 그 작은 당나귀들 역시

식목제植木祭

어느 날 불현듯
물 묻은 저녁 세상에 낮게 엎드려
물끄러미 팔을 뻗어 너를 가늠할 때
너는 어느 시간의 흙 속에
아득히 묻혀 있느냐
축축한 안개 속에서 어둠은
망가진 소리 하나하나 다듬으며
이 땅 위로 무수한 이파리를 길어 올린다
낯선 사람들, 괭이 소리 삽 소리
단단히 묻어두고 떠난 벌판
어디쯤일까 내가 연기처럼 더듬더듬 피어올랐던
이제는 침묵의 목책 속에 갇힌 먼 땅
다시 돌아갈 수 없으리, 흘러간다
어디로 흘러가느냐, 마음 한 자락 어느 곳 걸어두는 법
없이
　희망을 포기하려면 죽음을 각오해야 하리, 흘러간다
어느 곳이든 기척 없이
　자리를 바꾸던 늙은 구름의 말을 배우며
　나는 없어질 듯 없어질 듯 생 속에 섞여들었네

이따금 나만을 향해 다가오는 고통이 즐거웠지만
슬픔 또한 정말 경미한 것이었다
한때의 헛된 집착으로도 솟는 맑은 눈물을 다스리며
아, 어느 개인 날 낯선 동네에 작은 꽃들이 피면 축복
하며 지나가고
어느 궂은 날은 죽은 꽃 위에 잠시 머물다 흘러갔으
므로
나는 일찍이 어느 곳에 나를 묻어두고
이다지 어지러운 이파리로만 날고 있는가
돌아보면 힘없는 추억들만을
이곳저곳 숨죽여 세워두었네
흘러간다, 모든 마지막 문들은 벌판을 향해 열리는데
아, 가랑잎 한 장 뒤집히는 소리에도
세상은 저리 쉽게 떠내려간다
보느냐, 마주 보이는 시간은 미루나무 무수히 곧게 서
있듯
멀수록 무서운 얼굴들이다, 그러나
희망도 절망도 같은 줄기가 틔우는 작은 이파리일 뿐,
그리하여 나는

살아가리라 어디 있느냐

식목제植木祭의 캄캄한 밤이여, 바람 속에 견고한 불의 입상立像이 되어

싱싱한 줄기로 솟아오를 거냐, 어느 날이냐 곧이어 소스라치며

내 유년의 떨리던, 짧은 넋이여

그 집 앞

그날 마구 비틀거리는 겨울이었네
그때 우리는 섞여 있었네
모든 것이 나의 잘못이었지만
너무도 가까운 거리가 나를 안심시켰네
나 그 술집 잊으려네
기억이 오면 도망치려네
사내들은 있는 힘 다해 취했네
나의 눈빛 지푸라기처럼 쏟아졌네
어떤 고함 소리도 내 마음 치지 못했네
이 세상에 같은 사람은 없네
모든 추억은 쉴 곳을 잃었네
나 그 술집에서 흐느꼈네
그날 마구 취한 겨울이었네
그때 우리는 섞여 있었네
사내들은 남은 힘 붙들고 비틀거렸네
나 못생긴 입술 가졌네
모든 것이 나의 잘못이었지만
벗어둔 외투 곁에서 나 흐느꼈네
어떤 조롱도 무거운 마음 일으키지 못했네

나 그 술집 잊으려네

이 세상에 같은 사람은 없네

그토록 좁은 곳에서 나 내 사랑 잃었네

노인들

감당하기 벅찬 나날들은 이미 다 지나갔다
그 긴 겨울을 견뎌낸 나뭇가지들은
봄빛이 닿는 곳마다 기다렸다는 듯 목을 분지르며 떨
어진다

그럴 때마다 내 나이와는 거리가 먼 슬픔들을 나는 느
낀다
그리고 그 슬픔들은 내 몫이 아니어서 고통스럽다

그러나 부러지지 않고 죽어 있는 날렵한 가지들은 추
악하다

빈집

사랑을 잃고 나는 쓰네

잘 있거라, 짧았던 밤들아
창밖을 떠돌던 겨울 안개들아
아무것도 모르던 촛불들아, 잘 있거라
공포를 기다리던 흰 종이들아
망설임을 대신하던 눈물들아
잘 있거라, 더 이상 내 것이 아닌 열망들아

장님처럼 나 이제 더듬거리며 문을 잠그네
가엾은 내 사랑 빈집에 갇혔네

먼지투성이의 푸른 종이

　나에게는 낡은 악기가 하나 있다. 여섯 개의 줄이 모두 끊어져 나는 오래전부터 그 기타를 사용하지 않는다. '한때 나의 슬픔과 격정들을 오선지 위로 데리고 가 부드러운 음자리로 배열해주던' 알 수 없는 일이 있다. 가끔씩 어둡고 텅 빈 방에 홀로 있을 때 그 기타에서 아름다운 소리가 난다. 나는 경악한다. 그러나 나의 감각들은 힘센 기억들을 품고 있다. 기타 소리가 멎으면 더듬더듬 나는 양초를 찾는다. 그렇다. 나에게는 낡은 악기가 하나 있는 것이다. 그렇다. 나는 가끔씩 어둡고 텅 빈 희망 속으로 걸어 들어간다. 그 이상한 연주를 들으면서 어떨 때는 내 몸의 전부가 어둠 속에서 가볍게 튕겨지는 때도 있다.

　먼지투성이의 푸른 종이는 푸른색이다.
　어떤 먼지도 그것의 색깔을 바꾸지 못한다.

밤눈

네 속을 열면 몇 번이나 얼었다 녹으면서 바람이 불 때마다 또 다른 몸짓으로 자리를 바꾸던 은실들이 엉켜 울고 있어. 땅에는 얼음 속에서 썩은 가지들이 실눈을 뜨고 엎드려 있었어. 아무에게도 줄 수 없는 빛을 한 점씩 하늘 낮게 박으면서 너는 무슨 색깔로 또 다른 사랑을 꿈꾸었을까. 아무도 너의 영혼에 옷을 입히지 않던 사납고 고요한 밤, 얼어붙은 대지에는 무엇이 남아 너의 춤을 자꾸만 허공으로 띄우고 있었을까. 하늘에는 온통 네가 지난 자리마다 바람이 불고 있다. 아아, 사시나무 그림자 가득 찬 세상, 그 끝에 첫발을 디디고 죽음도 다가서지 못하는 온도로 또 다른 하늘을 너는 돌고 있어. 네 속을 열면.

위험한 가계家系 · 1969

1

그해 늦봄 아버지는 유리병 속에서 알약이 쏟아지듯
힘없이 쓰러지셨다. 여름 내내 그는 죽만 먹었다. 올해엔
김장을 조금 덜해도 되겠구나. 어머니는 남폿불 아래에
서 수건을 쓰시면서 말했다. 이젠 그 얘긴 그만하세요 어
머니. 쌓아둔 이불에 등을 기댄 채 큰누이가 소리 질렀다.
그런데 올해에는 무들마다 웬 바람이 이렇게 많이 들었을
까. 나는 공책을 덮고 어머니를 바라보았다. 어머니. 잠바
하나 사주세요. 스펀지마다 숭숭 구멍이 났어요. 그래도
올겨울은 넘길 수 있을 게다. 봄이 오면 아버지도 나으실
거구. 풍병風病에 좋다는 약은 다 써보았잖아요. 마늘을
까던 작은누이가 눈을 비비며 중얼거렸지만 어머니는 잠
자코 이마 위로 흘러내리는 수건을 가만히 고쳐 매셨다.

2

아버지. 그건 우리 닭도 아닌데 왜 그렇게 정성껏 돌보

세요. 나는 사료를 한 줌 집어 던지면서 가지를 먹어 시
퍼래진 입술로 투정을 부렸다. 농장의 목책을 훌쩍 뛰어
넘으며 아버지는 말했다. 네게 모이를 주기 위해서야. 양
계장 너머 뜬, 달걀 노른자처럼 노랗게 곪은 달이 아버지
의 길게 늘어진 그림자를 이리저리 흔들 때마다 나는 아
버지의 팔목에 매달려 휘휘 휘파람을 날렸다. 내일은 펌
프 가에 꽃모종을 하자. 무슨 꽃을 보고 싶으냐. 꽃들은
금방 죽어요 아버지. 너도 올봄엔 벌써 열 살이다. 어머니
가 양푼 가득 칼국수를 퍼 담으시며 말했다. 알아요 나도
이젠 병아리가 아니에요. 어머니. 그런데 웬 칼국수에 이
렇게 많이 고춧가루를 치셨을까.

3

　방죽에서 나는 한참을 기다렸다. 가을밤의 어둠 속에
서 큰누이는 냉이꽃처럼 가늘게 휘청거리며 걸어왔다.
이번 달은 공장에서 야근 수당까지 받았어. 초록색 추리
닝 윗도리를 하나 사고 싶은데. 요새 친구들이 많이 입고

출근해. 나는 오징어가 먹고 싶어. 그건 오래 씹을 수 있고 맛도 좋으니까. 집으로 가는 길은 너무 멀었다. 누이의 도시락 가방 속에서 스푼이 자꾸만 음악 소리를 냈다. 추리닝이 문제겠니. 내년 봄엔 너도 야간 고등학교라도 가야 한다. 어머니. 콩나물에 물은 주셨어요? 콩나물보다 너희들이나 빨리 자라야지. 엎드려서 공부하다가 코를 풀면 언제나 검댕이 묻어 나왔다. 심지를 좀 잘라내. 타버린 심지는 그을음만 나니까. 작은누이가 중얼거렸다. 아버지 좀 보세요. 어떤 약도 듣지 않았잖아요. 아프시기 전에도 아무것도 해논 일이 없구. 어머니가 누이의 뺨을 쳤다. 약값을 줄일 순 없다. 누이가 깎던 감자가 툭 떨어졌다. 실패하시고 나서 아버지는 3년 동안 낚시질만 하셨어요. 그래도 아버지는 너희들을 건졌어. 이웃 농장에 가서 닭도 키우셨다. 땅도 한 뙈기 장만하셨댔었다. 작은누이가 마침내 울음을 터뜨렸다. 죽은 맨드라미처럼 빨간 내복이 스웨터 밖으로 나와 있었다. 그러나 그때 아버지는 채소 씨앗 대신 알약을 뿌리고 계셨던 거예요.

4

지나간 날들을 생각해보면 무엇 하겠느냐. 묵은 밭에서 작년에 캐다 만 감자 몇 알 줍는 격이지. 그것도 대개는 썩어 있단다. 아버지는 삽질을 멈추고 채마밭 속에 발목을 묻은 채 짧은 담배를 태셨다. 올해는 무얼 심으시겠어요? 뿌리가 질기고 열매를 먹을 수 있는 것이면 무엇이든지 심을 작정이다. 하늘에는 벌써 튀밥 같은 별들이 떴다. 어머니가 그만 씻으시래요. 다음 날 무엇을 보여주려고 나팔꽃들은 저렇게 오므라들어 잠을 잘까. 아버지는 흙 속에서 천천히 걸어 나오셨다. 봐라. 나는 이렇게 쉽게 뽑혀지는구나. 그러나, 아버지. 더 좋은 땅에 당신을 옮겨 심으시려고.

5

선생님. 가정방문은 가지 마세요. 저희 집은 너무 멀어요. 그래도 너는 반장인데. 집에는 아무도 없고요. 아버지

혼자, 낮에는요. 방과 후 긴 방죽을 따라 걸어오면서 나는
몇 번이나 책가방 속의 월말고사 상장을 생각했다. 둑방
에는 패랭이꽃이 무수히 피어 있었다. 모두 다 꽃씨들을
갖고 있다니. 작은 씨앗들이 어떻게 큰 꽃이 될까. 나는
풀밭에 꽂혀서 잠을 잤다. 그날 밤 늦게 작은누이가 돌아
왔다. 아버진 좀 어떠시니. 누이의 몸에서 석유 냄새가 났
다. 글쎄, 자전거도 타지 않구 책가방을 든 채 백 장을 돌
리겠다는 말이냐? 창문을 열자 어둠 속에서 바람에 불려
몇 그루 미루나무가 거대한 빵처럼 부풀어 오르는 게 보
였다. 그리고 나는 그날, 상장을 접어 개천에 종이배로 띄
운 일을 누구에게도 말하지 않았다.

6

　그해 겨울은 눈이 많이 내렸다. 아버지, 여전히 말씀도
못 하시고 굳은 혀. 어느만큼 눈이 녹아야 흐르실는지. 털
실 뭉치를 감으며 어머니가 말했다. 봄이 오면 아버지도
나으신다. 언제가 봄이에요. 우리가 모두 낫는 날이 봄이

에요? 그러나 썰매를 타다 보면 빙판 밑으로는 푸른 물이 흐르는 게 보였다. 얼음장 위에서도 종이가 다 탈 때까지 네모 반듯한 불들은 꺼지지 않았다. 아주 추운 밤이면 나는 이불 속에서 해바라기 씨앗처럼 동그랗게 잠을 잤다. 어머니 아주 큰 꽃을 보여드릴까요? 열매를 위해서 이파리 몇 개쯤은 스스로 부숴뜨리는 법을 배웠어요. 아버지의 꽃모종을요. 보세요 어머니. 제일 긴 밤 뒤에 비로소 찾아오는 우리들의 환한 가계家系를. 봐요 용수철처럼 튀어 오르는 저 동지冬至의 불빛 불빛 불빛.

집시의 시집

1

우리는 너무 어렸다. 그는 그해 가을 우리 마을에 잠시 머물다 떠난 떠돌이 사내였을 뿐이었다. 그러나 어른들도 그를 그냥 일꾼이라 불렀다.

2

그는 우리에게 자신의 손을 가리켜 신의 공장이라고 말했다. 그것을 움직이게 하는 것은 굶주림뿐이었다. 그러나 그는 항상 무엇엔가 굶주려 있었다. 그는 무엇이든지 만들었다. 그는 마법사였다. 어떤 아이는 실제로 그가 토마토를 가지고 둥근 금을 만드는 것을 보았다고 말했다. 그가 어디에서 흘러들어왔는지 어른들도 몰랐다. 우리는 그가 트럭의 고장 고등어의 고장 아니, 포도의 고장에서 왔을 거라고 서로 심하게 다툰 적도 있었다. 그는 모든 것을 알고 있었다. 저녁때마다 그는 농장의 검은 목책에 기대앉아 이상한 노래들을 불렀다.

모든 풍요의 아버지인 구름
모든 질서의 아버지인 햇빛
숲에서 날 찾으려거든 장화를 벗어주어요
나는 나무들의 가신家臣, 짐승들의 다정한 만형

그의 말은 누구도 이해할 수 없었다. 어른들은 우리들에게 호통을 쳤다. 그는 우리의 튼튼한 발을 칭찬했다. 어른들은 참된 즐거움을 두려워하기 때문이란다. 그들은 세상을 자물통으로 만들고 싶어 한다. 그러나 세상은 신기한 폭탄, 꿈꾸는 부족部族에겐 발견의 도화선. 우리는 그를 믿었다. 어느 날은 비에 젖은 빵, 어떤 날은 작은 홍당무를 먹으며 그는 부드럽게 노래 불렀다. 우리는 그때마다 놀라움에 떨며 그를 읽었다.

나는 즐거운 노동자, 항상 조용히 취해 있네
술집에서 나를 만나려거든 신성한 저녁에 오게
가장 더러운 옷을 입은 사내를 찾아주오
사냥해온 별

모든 사물들의 도장
모든 정신들의 장식
랄라라, 기쁨들이여!
과오들이여! 겸손한 친화력이여!

추수가 끝나고 여름 옷차림 그대로 그는 읍내 쪽으로
흘러갔다. 어른들은 안심했다. 그러나 우리는 벌써 병정
놀이들에 흥미를 잃고 있었다. 코밑에 수염이 돋기 시작
한 아이도 있었다. 이상하게도 우리는 한동안 그 사내에
대해 한마디도 말하지 않았다. 오랜 뒤에 누군가 그에 관
한 이야기를 꺼냈을 때 우리는 이미 그의 얼굴조차 기억
하기 힘들었다. 상급반에 진학하면서 우리는 혈통과 교
육에 대해 배웠다. 오래지 않아

3

우리는 완전히 그를 잊었다. 그는 그해 가을 우리 마을
에 잠시 머물다 떠난 떠돌이 사내였을 뿐이었다. 어쩌면

그는 우리가 꾸며낸 이야기였을지도 몰랐다. 그러나 나는 저녁마다 연필을 깎다가 잠드는 버릇을 지금까지 버리지 못했다.

나리 나리 개나리

누이여
또다시 은비늘 더미를 일으켜 세우며
시간이 빠르게 이동하였다
어느 날의 잔잔한 어둠이
이파리 하나 피우지 못한 너의 생애를
소리 없이 꺾어갔던 그 투명한
기억을 향하여 봄이 왔다

살아 있는 나는 세월을 모른다
네가 가져간 시간과 버리고 간
시간들의 얽힌 영토 속에서
한 뼘의 폭풍도 없이 나는 고요했다
다만 햇덩이 이글거리는 벌판을
맨발로 산보할 때
어김없이 시간은 솟구치며 떨어져
이슬 턴 풀잎새로 엉겅퀴 바늘을
살라주었다

봄은 살아 있지 않은 것은 묻지 않는다

떠다니는 내 기억의 얼음장마다

부르지 않아도 뜨거운 안개가 쌓일 뿐이다

잠글 수 없는 것이 어디 시간뿐이랴

아아, 하나의 작은 죽음이 얼마나 큰 죽음들을 거느리
는가

나리 나리 개나리

네가 두드릴 곳 하나 없는 거리

봄은 또다시 접혔던 꽃술을 펴고

찬물로 눈을 헹구며 유령처럼 나는 꽃을 꺾는다

바람의 집
—겨울 판화 1

내 유년 시절 바람이 문풍지를 더듬던 동지의 밤이면 어머니는 내 머리를 당신 무릎에 뉘고 무딘 칼끝으로 시퍼런 무를 깎아주시곤 하였다. 어머니 무서워요 저 울음소리, 어머니조차 무서워요. 얘야, 그것은 네 속에서 울리는 소리란다. 네가 크면 너는 이 겨울을 그리워하기 위해 더 큰 소리로 울어야 한다. 자정 지나 앞마당에 은빛 금속처럼 서리가 깔릴 때까지 어머니는 마른 손으로 종잇장 같은 내 배를 자꾸만 쓸어내렸다. 처마 밑 시래기 한 줌 부스러짐으로 천천히 등을 돌리던 바람의 한숨. 사위어가는 호롱불 주위로 방 안 가득 풀풀 수십 장 입김이 날리던 밤, 그 작은 소년과 어머니는 지금 어디서 무엇을 할까?

삼촌의 죽음
—겨울 판화 4

그해엔 왜 그토록 엄청난 눈이 나리었는지. 그 겨울이 다 갈 무렵 수은주 밑으로 새파랗게 곤두박질치며 우르르 몰려가던 폭설. 그때까지 나는 사람이 왜 없어지는지 또한 왜 돌아오지 않는지 알지 못하였다. 한낮의 눈보라는 자꾸만 가난 주위로 뭉쳤지만 밤이면 공중 여기저기에 빛나는 얼음 조각들이 박혀 있었다. 어른들은 입을 벌리고 잠을 잤다. 아이들은 있는 힘 다해 높은음자리로 뛰어올라가고 그날 밤 삼촌의 마른기침은 가장 낮은 음계로 가라앉아 다시는 악보 위로 떠오르지 않았다. 그리고 나는 그 밤을 하얗게 새우며 생철 실로폰을 두드리던 기억을 지금도 잊지 못한다.

성탄목
— 겨울 판화 3

크리스마스트리는 아름답다
그것뿐이다

오늘은 왜 자꾸만 기침이 날까
내 몸은 얼음으로 꽉 찬 모양이야
방 안이 너무 어두워
한 달 내내 숲에 눈이 퍼부었던
저 달력은 어찌나 참을성이 많았던지
바로 뒤의 바람벽을 자꾸 잊곤 했어
성냥불을 긋지 않으려 했는데
정말이야, 난 참으려 애썼어
어느새 작은 크리스마스트리가 되었네
그래, 고향에 가고 싶어
지금보다 훨씬 더 어렸지만
사과나무는 나를 사로잡았어
그 옆에 은박지 같은 예배당이 있었지
틀린 기억이어도 좋아
멀고먼 길 한가운데
알아? 얼음 가루 꽉 찬 바다야

이 작은 성냥불이 어떻게 견딜 수 있겠어
어머니는 나보고
소다 가루를 좀 먹으라셔
어디선가 통통 기타 소리가 들려
방금 문을 연 촛불 가게에 사람들이 몰려 있어
참, 그런데
오늘은 왜 아까부터

너무 큰 등받이의자
── 겨울 판화 7

너무 큰 등받이의자 깊숙이 오후, 가늘은 고드름 한 개 앉혀놓고 조그만 모빌처럼 흔들거리며, 아버지 또 어디로 도망치셨는지. 책상 위에 조용히 누워 눈 뜨고 있는 커다란 물그림 가득 찬란한 햇빛의 손. 그 속의 나는 모든 것이 커 보이던 나이였다. 수수밭같이 침침한 마루 얇게 접히며, 학자풍 오후 나란히 짧은 세모잠. 가난한 아버지, 왜 항상 물그림만 그리셨을까? 낡은 커튼을 열면 양철 추녀 밑 저벅저벅 걸어오다 불현듯 멎는 눈의 발, 수염투성이 투명한 사십. 가난한 아버지, 왜 항상 물그림만 그리셨을까? 그림 밖으로 나올 때마다 나는 물 묻은 손을 들어 눈부신 겨울 햇살을 차마 만지지 못하였다. 창문 밑에는 발자국 하나 없고 나뭇가지는 손이 베일 듯 사나운 은빛이었다.

아버지, 불쌍한 내 장난감
내가 그린, 물그림 아버지

III

병

내 얼굴이 한 폭 낯선 풍경화로 보이기
시작한 이후, 나는 주어를 잃고 헤매이는
가지 잘린 늙은 나무가 되었다.

가끔씩 숨이 턱턱 막히는 어둠에 체해
반 토막 영혼을 뒤틀어 눈을 뜨면
잔인하게 죽어간 붉은 세월이 곱게 접혀 있는
단단한 몸통 위에,
사람아, 사람아 단풍 든다.
아아, 노랗게 단풍 든다.

나무공

가까이 가보니
소년은 작은 나무공을 들고
서 있다. 두 명의 취한 노동자들, 큰 소리로 노래 부르
며 비틀비틀
    이봐, 죽지 않는 것은 오직
    죽어 있는 것뿐, 이젠 자네 소원대로 되었네
지나가는 것을 바라보고 있다.
주위의 공기가 약간 흔들린다.
    훨씬 독한 술이 있었더라면
    좀더 슬펐을 텐데, 오오, 그에 관한 한 한 치의 변
    화도
용서 못 해

소년이 내게 묻는다.
공원은 어두운 대기 속으로 조금씩 몸을 숨긴다.
    그 사내는 무엇을
    슬퍼하는 것일까요, 오래 앓던 가족 때문일까요
    나의 이 작은 나무공
    밖은 너무 어두워, 둥근 것은 참 단순하죠

나는 입을 열 수 없다.

말이 되는 순간, 어떠한 대답도 또 다른 질문이 된다.

네가 내 눈빛을 이해할 수 있었으면.

차라리 저녁에 너를 만난 것을 감사하자.

어느 교회의 검고 은은한 종소리

행인들 호주머니 속의 명랑한 동전 소리

모든 젖은 정신을 꾸짖는

건조한 저녁에 대해 감사하자, 소년이여

저 초라한 가등들을 바라보라.

사람들은 무엇이든지, 대낮까지도 고정시키려 덤빈다,

그러나

변화하지 않는 것은 변화뿐이지.

　　나의 꿈은 위대한 율사律士, 모든 판례에 따라

　　이 세상을 재고 싶어요, 나는 매일같이 일기를 쓰죠

　　내가 아저씨만 한 나이라면 이미 나는 법칙의 사

　제司祭

　　움직이면 안 돼, 나는 딱딱한 과자를 좋아해

　　이건 나무

소년은 공을 튕겨본다. 나무공은 가볍게
튀어 오른다, 엄청나게 커지는 눈, 이건 뜻밖이야
그러나 소년이 놀라는 순간
나무공은 얘야, 벌써 얌전한 고양이처럼
    한번 놀란 것에 더 이상 놀라면 안 돼
    그건 이미 나무공이 아니니까

그 취한 사내들은 어디로 갔을까, 고개를 갸우뚱하던
소년도 재빨리 사라진다. 아저씨는
쓸모없는 구름 같아요, 공원은 이미 완전한 어둠
한 개 둥근 잎 부스럭거리는 소리가
서로 다른, 수백 개 율동의 가능성으로 들려오는
이곳. 견고하게 솟아오르는, 소년이 버린 저
나무공.

사강리 沙江里

아무도 가려 하지 않았다.
아무도 간 사람이 없었다.

처음엔 바람이 비탈길을 깎아 흙먼지를 풀풀 날리었다.
하늘을 깎고 어둠을 깎고 눈[雪]의 살을 깎는 소리가 떨어졌다.
산도 숲속에 숨어 있었다.
얼음도 깎인 벼의 밑동을 붙잡고 놓지 않았다.
매 한 마리가 산까치를 움켜잡고 하늘 깊숙이 파묻혔다.
얼음장 위로 얼굴을 내밀었던 은빛 햇살도 사라졌다.
묘지에 서로 모여 갈대가 울었다. 그 속으로 눈발이 힘없이 쓰러졌다.
어둠이 하얗게 질린 얼굴로 사위어 있었다.
뒤엉켜 죽은 망초꽃들이 휘익휘익 공중에서 말하고 지나갔다.
'그것봐' '그것봐'
황토빛 자갈이 주르르 넘어졌다. 구르고 지난 자리마다 사정없이 눈[雪]이 꽂혔다.

폐광촌

쉽사리 물러설 수는 없었다.
그곳에는 아직도 지켜야 할 것이 있음을
우리는 젖은 이마 몇 개 불빛으로 분별하였다.
밤은 기나긴 정적의 숲으로 우리를 속이려 들었지만
탐조등으로 빗발을 쑤시면
언제든지 두서너 개 은칼을 찾아낼 수 있었다.
그 후에 빗물을 털어버린 시간이
허기의 바람을 펄럭이며 다가오고
우리는 낄낄거리며
쉽사리 틈을 보이지 않는 어둠의 잔등에
시뻘건 불의 구멍을 뚫곤 하였다.

누군가 불타는 머리 끝에서 물방울 몇 알을 훅훅 털며
낮은 소리로 군가를 불렀다. 후렴처럼
누군가 불더미에 무연탄 한 삽을 끼얹었고
녹슨 기적 몇 마디를 부러뜨렸다.
우리들 이미 가득
불길은 무수한 암호를 날리었으나
우리는 누구도 눈을 뜨지 않았다.

번들거리는 무개화차 그림자 속을 일렁이며
아아, 고인 채 부릅뜬 몇 개 물의 눈들이
빛나며 또 사라져갔다.

우리도 한때는 아름다운 불씨였다.
적막이 어둠보다 더욱 짙은 공포임을
흰 뼈만 남은 역사驛舍까지도 알고 있었다.
깊은 잠 한가운데 폭풍이 일어 우리가 식은땀을 꺼낼
때마다
어둠의 깃 한쪽을 허물고
예리하게 잘린 철로의 허리가 하얗게 일어섰다. 그럴
때면
밤의 절벽에 이마를 깨뜨리면서
우리는 지게의 멜빵을 달았다. 애초부터
우리에게 화덕이 없었던 것은 아니었다.
화강암 같은 시간의 호각 소리가 우리를 재촉하고
새벽은 화차 속의 쓸쓸한 파도를 한 삽씩 퍼올렸다.
땅속 깊이 불을 저장하고 우리는 일어섰다.
날음식처럼 축축한 톱밥이 우리를 쳐다보았다.

곧이어 바람으로 불려갈 석탄에 삽날을 꽂으며 이제는
각자의 생을 퍼 담아야 할 차례였다.
탐조등을 들고 일어서면 끓어오르는
피에 놀라 우리는
가만히 서로의 이마를 바라보았다. 욕망은
우리를 지치도록 내버려두지 않는다!
역사를 걸어 나올 때
무개화차 위에서 타는 불꽃을
잠 깬 등 뒤로 얼핏 우리는 빼앗았다.
아아, 그곳에는
아직도 남겨져야 할 것이 있었다.
폐광촌 역사에는
아직도 쿵쿵 타올라야 할 것이 있었다.

비가 2
── 붉은 달

1

그대, 아직 내게
무슨 헤어질 여력이 남아 있어 붙들겠는가.
그대여, ×자로 단단히 구두끈을 조이는 양복
소매끝에서 무수한 달의 지느러미가 떨어진다.
떠날 사람은 떠난 사람. 그대는 천국으로 떠난다고
장기 두는 식으로 용감히 떠난다고
짧게 말하였다. 하늘나라의 달.

2

너는 이내 돌아서고 나는 미리 준비해둔 깔깔한 슬픔
을 껴입고
　돌아왔다. 우리 사이 협곡에 꽂힌 수천의 기억의 돛대,
어느 하나에도
　걸리지 못하고 사상은 남루한 옷으로 지천을 떠돌고
있다. 아아 난간마다 안개

휘파람의 섬세한 혀만 가볍게 말리우는 거리는

너무도 쉽게 어두워진다. 나의 추상이나 힘겨운 감상
의 망토 속에서

폭풍주의보는 삐라처럼 날리고 어디선가 툭툭 매듭이
풀리는

소리가 들렸다. 어차피 내가 떠나기 전에 이미 나는 혼
자였다. 그런데

너는 왜 천국이라고 말하였는지. 네가 떠나는 내부의
유배지는

언제나 푸르고 깊었다. 불더미 속에서 무겁게 터지는
공명의 방

그리하여 도시, 불빛의 사이렌에 썰물처럼 골목을 우
회하면

고무줄처럼 먼저 튕겨 나와 도망치는 그림자를 보면서
도 나는

두려움으로 몸을 떨었다.

떨리는 것은 잠과 타종 사이에서 비틀거리는 내 유약
한 의식이다.

책갈피 속에서 비명을 지르는 우리들 창백한 유년, 식물채집의 꿈이다.

여름은 누구에게나 무더웠다.

3

잘 가거라, 언제나 마른 손으로 악수를 청하던 그대여

밤새워 호루라기 부는 세상 어느 위치에선가 용감한 꿈 꾸며 살아 있을

그대. 잘 가거라 약 기운으로 붉게 얇은 등을 축축이 적시던 헝겊 같은

달빛이여. 초침 부러진 어느 젊은 여름밤이여.

가끔은 시간을 앞질러 골목을 비어져 나오면 아,

온통 체온계를 입에 물고 가는 숱한 사람들 어디로 가죠? (꿈을 생포하러)

예? 누가요 (꿈 따위는 없어) 모두 어디로, 천국으로

세상은 온통 크레졸 냄새로 자리 잡는다. 누가 떠나든

죽든

우리는 모두가 위대한 혼자였다. 살아 있으라, 누구든
살아 있으라.

턱턱, 짧은 숨 쉬며 내부의 아득한 시간의 숨 신뢰하
면서

천국을 믿으면서 혹은 의심하면서 도시, 그 변증의 여
름을 벗어나면서.

폭풍의 언덕

이튿날이 되어도 아버지는 돌아오지 않았다. 아버지는 간유리 같은 밤을 지났다.

그날 우리들의 언덕에는 몇백 개 칼자국을 그으며 미친 바람이 불었다. 구부러진 핀처럼 웃으며 누이는 긴 팽이 모자를 쓰고 언덕을 넘어갔다. 어디에서 바람은 불어오는 걸까? 어머니 왜 나는 왼손잡이여요. 부엌은 거대한 한 개 스푼이다. 하루종일 나는 문지방 위에 앉아서 지붕 위에서 가파른 예각으로 울고 있는 유지 소리를 구깃구깃 삼켜 넣었다. 어머니가 말했다. 너는 아버지가 끊어뜨린 한 가닥 실정맥이야. 조용히 골동품 속으로 낙하하는 폭풍의 하오. 나는 빨랫줄에서 힘없이 떨어지는 아버지의 러닝셔츠가 흙투성이가 되어 어디만큼 날아가는가를 두 눈 부릅뜨고 헤아려보았다. 공중에서 획획 솟구치는 수천 개 주삿바늘. 그러고 나서 저녁 무렵 땅거미 한 겹의 무게를 데리고 누이는 포플린 치마 가득 삘기의 푸른 즙액을 물들인 채 절룩거리며 돌아오는 것이다.

아으, 칼국수처럼 풀어지는 어둠! 암흑 속에서 하얗게 드러나는 집. 이 불끈거리는 예감은 무엇일까. 나는 헝겊 같은 배를 접으며 이 악물고 언덕에 섰다. 그리하여 풀더미의 칼집 속에 하체를 담그고 자정 가까이 걸어갔을 때 나는 성냥개비 같은 내 오른팔 끝에서 은빛으로 빛나는 무서운 섬광을 보았다. 바람이여, 언덕 가득 이 수천 장 손수건을 찢어 날리는 광포한 바람이여. 이제야 나는 어디에서 네가 불어오는지 알 것 같으다. 오, 그리하여 수염투성이의 바람에 피투성이가 되어 내려오는 언덕에서 보았던 나의 어머니가 왜 그토록 가늘은 유리막대처럼 위태로운 모습이었는지를.

다음 날이 되어도 아버지는 돌아오지 않았다. 그리고 그날 이후 나는 폭풍의 밤마다 언덕에 오르는 일을 그만두었다. 무수한 변증의 비명을 지르는 풀잎을 사납게 베어 넘어뜨리며 이제는 내가 떠날 차례였다.

도시의 눈
—겨울 판화 2

도시에 전쟁처럼 눈이 내린다. 사람들은 여기저기 가로등 아래 모여서 눈을 털고 있다. 나는 어디로 가서 내 나이를 털어야 할까? 지나간 봄 화창한 기억의 꽃밭 가득 아직도 무꽃이 흔들리고 있을까? 사방으로 인적 끊어진 꽃밭, 새끼줄 따라 뛰어가며 썩은 꽃잎들끼리 모여 울고 있을까.

우리는 새벽 안개 속에 뜬 철교 위에 서 있다. 눈발은 수천 장 흰 손수건을 흔들며 하구로 뛰어가고 너는 말했다. 물이 보여. 얼음장 밑으로 수상한 푸른빛. 손바닥으로 얼굴을 가리면 은빛으로 반짝이며 떨어지는 그대 소중한 웃음. 안개 속으로 물빛이 되어 새 떼가 녹아드는 게 보여? 우리가.

쥐불놀이
── 겨울 판화 5

어른이 돌려도 됩니까?
돌려도 됩니까 어른이?

사랑을 목발질 하며
나는 살아왔구나
대보름의 달이여
올해에는 정말 멋진 연애를 해야겠습니다
모두가 불 속에 숨어 있는걸요?
돌리세요, 나뭇가지
사이에 숨은 꿩을 위해
돌리세요, 술래
는 잠을 자고 있어요
헛간 마른 짚 속에서
대보름의 달이여
온 동네를 뒤지고도 또
어디까지?

아저씨는 불이 무섭지 않으셔요?

램프와 빵
—겨울 판화 6

고맙습니다.
겨울은 언제나 저희들을
겸손하게 만들어주십니다.

종이달

1

과거는 끝났다.
송곳으로 서류를 뚫으며 그는
블라인드를 내리고 있는 김金을 본다.
자네가 무엇을 생각하는지 모르겠어.
수백 개 명함들을 읽으며
일일이 얼굴들을 기억할 순 없지.
또한 우리는 미혼이니까, 오늘도
분명한 일은 없었으니까
아직은 쓸모 있겠지. 몇 장 얄팍한 믿음으로
남아 있는 하루치의 욕망을 철綴하면서.

2

그들이 무어라고 말하겠는가.
한두 시간 차이 났을 뿐. 내가 아는 것을
그들이 믿지 않을 뿐.

나에게도 중대한 사건은 아니었어.

큐대에 흰 가루를 바르면서

김은 정확하게 시간의 각을 재어본다.

각자의 소유만큼씩 가늠해보는 가치의 면적.

물론 새로운 것은 아니지.

잠시 잊고 있었을 뿐. 좀 복잡한 타산이니까.

똑바로 말한 적이 자네는

한 번도 없어. 감정이 있는 사람이라면

그럴 수도 있지. 와이셔츠 단추 한 개를 풀면서

날 선 칼라가 힘없이 늘어질 때까지

어쨌든 우리는 살아온 것이니.

오늘의 뉴스는 이미 상식으로 챙겨 들고.

3

믿어주게.

나도 몇 개의 동작을 배웠지.

변화 중에서도 튕겨져 나가지 않으려고

고무풀처럼 욕망을 단순화하고

그렇게 하나의 과정이 되어갔었네. 그는

층계 밑에 서서 가스라이터 불빛 끝에 손목을 매달고

무엇인가 찾는 김을 본다. 무엇을 잃어버렸나.

잃어버린 것은 찾지 않네. 그럴 만큼 시간은 여유가
없어.

잃어버려야 할 것들을 점검 중이지. 그럴 만큼의 시간
만 있으니까.

아무리 조그만 나프탈렌처럼 조직의 서랍 속에 숨어
있어도

언제나 나는 자네를 믿어왔네. 믿어주게.

로터리를 회전하면서 그것도 길의 중간에서

날씨야 어떻든 상관없으니까.

4

사람들은 조금씩 빨라진다.

속도가 두려움을 만날 때까지. 그러나

의사의 기술처럼 간단히 필라멘트는
가열되고 기계적으로 느슨히
되살아나는 습관에 취할 때까지 적어도
복잡한 반성 따위는 알코올 탓이거니 아마
시간이 승부의 문제였던 때는 지났겠지.
신중한 수술이 아니어도 흰색 가운을 입듯이
누구나 평범한 초침으로 손을 닦는 나이임을
우리는 너무 잘 알고 있으니까.
알아들을 수 없는 말만 하여주게. 휴식에 도움이 될 수 있다면
아주 사무적인 착상이군. 여기와 지금이 별개이듯이
내가 집착한 것은 단순한 것이었어. 그래서
더욱 붙어 있어야 함을 알아두게. 일이 끝나면
굳게 뚜껑을 닫는 만년필처럼.

5

소리 나는 것만이 아름다울 테지.

소리만이 새로운 것이니까 쉽게 죽으니까.

소리만이 변화를 신고 다니니까.

그러나 무엇을 예약할 것인가. 방이 모두

차 있거나 모두 비어 있는데. 무관심만이

우리를 쉬게 한다면 더 이상 기억할 필요는

없어진다. 과거는 끝났다. 즐거움도

버릇 같은 것. 넥타이를 고쳐 매면서 거울 속의 키를

확인하고 안심하듯이 우리는 미혼이니까.

속성으로 떠오르는 달을 보면서 휘파람 불며

각자의 가치는 포켓 속에서 짤랑거리며

똑바로 말한 적이 자네는

한 번도 없어. 제발

그만두게. 자네를 위해서

내가 줄 수 있는 것은 다 토해냈네. 또한

무엇이든 분명한 일이 없었고

아직도 오늘은 조금 남아 있으니까. 그럼.

굿바이.

소리 1

아주 작았지만 무슨 소리가 들린 듯도 하여 내가 무심코 커튼을 걷었을 때, 맞은편 3층 건물의 어느 창문이 열리고 하얀 손목이 하나 튀어나와 시들은 푸른 꽃 서너 송이를 거리로 집어 던지는 것이 보였다. 이파리들은 잠시 공중에 떠 있어나 볼까 하는 듯 나풀거리다가 제각기 다른 속도로 아래를 향해 천천히 떨어져 내렸다. 나는 테이블로 돌아와 묵은 신문들을 뒤적였다. 그가 조금 전까지 서 있던 자리에는 무엇인지 알 수 없는 희미한 빛깔이 조금 고여 있었다. 스위치를 내릴까 하고 팔목시계를 보았을 때 바늘은 이미 멈춰 있었다. 나는 헛일 삼아 바늘을 하루만큼 뒤로 돌렸다. '어디로 가시렵니까' 내가 대답을 들을 필요조차 없다는 듯한 말투로 물었을 때 그는 소란하게 웃었다. '그냥 거리로요' 출입구 쪽 계단에서 무엇인가 떨어지는 소리가 들려왔다. 테이블 위에, 명함꽂이, 만년필, 재떨이 등 모든 형체를 갖춘 것들마다 제각기 엷은 그늘이 바싹 붙어 있는 게 보였고 무심결 나는 의자 뒤로 고개를 꺾었다. 아주 작았지만 이번에도 나는 그 소리를 들었다. 다시 창가로 다가갔을 때 늘상 보아왔던 차갑고 축축한 바람이 거리의 아주 작은 빈 곳까지 들추며 지나갔다. '빈틈이 없는 사물들이 어디 있을려구요.' 맞은 편 옆 건물 2층 창문 밖으로 길게 삐져나온 더러운 분홍 빛 커튼이 아무도 보아주지 않아 섭섭하다는 듯 부드럽게 움직이고 있었다. '내버려두세요. 뭐든지 시작하고 있다는 것은 아름답지 않습니까?' 그는 깜빡 잊었다는 듯이 캐비닛 속에서 장갑을 꺼내면서 덧붙였다. '아니, 그냥 움직이고 있는 것일지라두 말이죠.' 먹다 버린 굳은 빵 쪼가리가 엄숙한 표정으로 할 수 없지 않느냐는 듯 나를 조용히 바라보았다. 어둠과 거리는 늘상 보던 것이었다. 나는 천천히 일어나 천장에 대고 조그맣게 말했다. '나는 압핀처럼 꽂혀 있답니다.' 그가 조금 전까지 서 있던 자리에는 무엇인지 알 수 없는 희미한 빛깔이 조금 고여 있었다. '아무도 없을 때는 발소리만 유난히 크게 들리는 법이죠.' 스위치를 내릴 때 무슨 소리가 들렸다. 내 가슴 알 수 없는 곳에서 무엇인가 툭 끊어지는 소리가 들렸다. 아주 익숙한 그 소리는 분명히 내게 들렸다.

소리의 뼈

김 교수님이 새로운 학설을 발표했다
소리에도 뼈가 있다는 것이다
모두 그 말을 웃어넘겼다, 몇몇 학자들은
잠시 즐거운 시간을 제공한 김 교수의 유머에 감사했다
학장의 강력한 경고에도 불구하고
교수님은 일 학기 강의를 개설했다
호기심 많은 학생들이 장난삼아 신청했다
한 학기 내내 그는
모든 수업 시간마다 침묵하는
무서운 고집을 보여주었다
참지 못한 학생들이, 소리의 뼈란 무엇일까
각자 일가견을 피력했다
이 군은 그것이 침묵일 거라고 말했다.
박 군은 그것을 숨은 의미라 보았다
또 누군가는 그것의 개념은 중요하지 않다고 했다.
모든 고정관념에 대한 비판에 접근하기 위하여 채택된
방법론적 비유라는 것이었다
그의 견해는 너무 난해하여 곧 묵살되었다
그러나 어쨌든

그다음 학기부터 우리들의 귀는
모든 소리들을 훨씬 더 잘 듣게 되었다.

우리 동네 목사님

읍내에서 그를 본 것은 이번이 처음이었다
철공소 앞에서 자전거를 세우고 그는
양철 홈통을 반듯하게 펴는 대장장이의
망치질을 조용히 보고 있었다
자전거 짐틀 위에는 두껍고 딱딱해 보이는
성경책만 한 송판들이 실려 있었다
교인들은 교회당 꽃밭을 마구 밟고 다녔다, 일주일 전에
목사님은 폐렴으로 둘째아이를 잃었다, 장마 통에
교인들은 반으로 줄었다, 더구나 그는
큰 소리로 기도하거나 손뼉을 치며
찬송하는 법도 없어
교인들은 주일마다 쑤군거렸다, 학생회 소년들과
목사관 뒤터에 푸성귀를 심다가
저녁 예배에 늦은 적도 있었다
성경이 아니라 생활에 밑줄을 그어야 한다는
그의 말은 집사들 사이에서
맹렬한 분노를 자아냈다, 폐렴으로 아이를 잃자
마을 전체가 은밀히 눈빛을 주고받으며
고개를 끄덕였다, 다음 주에 그는 우리 마을을 떠나야

한다
　어두운 천막교회 천장에 늘어진 작은 전구처럼
　하늘에는 어느덧 하나둘 맑은 별들이 켜지고
　대장장이도 주섬주섬 공구를 챙겨 들었다
　한참 동안 무엇인가 생각하던 목사님은 그제서야
　동네를 향해 천천히 페달을 밟았다, 저녁 공기 속에서
　그의 친숙한 얼굴은 어딘지 조금 쓸쓸해 보였다

봄날은 간다

햇빛은 분가루처럼 흩날리고
쉽사리 키가 변하는 그림자들은
한 장 열풍에 말려 둥글게 휘어지는구나
아무 때나 손을 흔드는
미루나무 얇은 그늘 속을 첨벙이며
2시착 시외버스도 떠난 지 오래인데
아까부터 서울집 툇마루에 앉은 여자
외상값처럼 밀려드는 대낮
신작로 위에는 흙먼지, 더러운 비닐들
빈 들판에 꽂혀 있는 저 희미한 연기들은
어느 쓸쓸한 풀잎의 자손들일까
밤마다 숱한 나무젓가락들은 두 쪽으로 갈라지고
사내들은 화투패마냥 모여들어 또 그렇게
어디론가 뿔뿔이 흩어져간다
여자가 속옷을 헹구는 시냇가엔
하룻밤새 없어져버린 풀꽃들
다시 흘러들어온 것들의 인사
흐린 알전구 아래 엉망으로 취한 군인은
몇 해 전 누이 얼굴을 알아보지 못하고, 여자는

자신의 생을 계산하지 못한다
몇 번인가 아이를 지울 때 그랬듯이
습관적으로 주르르 눈물을 흘릴 뿐
끌어안은 무릎 사이에서
추억은 내용물 없이 떠오르고
소읍은 무서우리만치 고요하다, 누구일까
세숫대야 속에 삶은 달걀처럼 잠긴 얼굴은
봄날이 가면 그뿐
숙취는 몇 장 지전 속에서 구겨지는데
몇 개의 언덕을 넘어야 저 흙먼지들은
굳은 땅속으로 하나둘 섞여들는지

나의 플래시 속으로 들어온 개

그날
너무 캄캄한 길모퉁이를 돌아서다가
익숙한 장애물을 찾고 있던
나의 감각이, 딱딱한 소스라침 속에서
최초로 만난 사상事象, 불현듯
존재의 비밀을 알아버린
그날, 나의 플래시 속으로 갑자기, 흰

엄마 걱정

열무 삼십 단을 이고
시장에 간 우리 엄마
안 오시네, 해는 시든 지 오래
나는 찬밥처럼 방에 담겨
아무리 천천히 숙제를 해도
엄마 안 오시네, 배추잎 같은 발소리 타박타박
안 들리네, 어둡고 무서워
금 간 창틈으로 고요히 빗소리
빈방에 혼자 엎드려 훌쩍거리던

아주 먼 옛날
지금도 내 눈시울을 뜨겁게 하는
그 시절, 내 유년의 윗목

영원히 닫힌 빈방의 체험
— 한 젊은 시인을 위한 진혼가

김 현
(문학평론가)

—살아 있으라, 누구든 살아 있으라.(p. 110)

어느 날 저녁, 지친 눈으로 들여다본 석간신문의 한 귀퉁이에서, 거짓말처럼, 아니 환각처럼 읽은 짧은 일단 기사는, 「제망매가」의 슬픈 어조와는 다른 냉랭한 어조로, 한 시인의 죽음을 알게 해주었다. 이럴 수가 있나, 아니, 이건 거짓이거나 환각이라는 게 내 첫 반응이었다. 나는 그 시인과 개인적인 관계를 맺은 적이 없다. 우리의 관계는 언제나 공적이었지만, 나는 공적으로 만나는 사람좋은 그의 내부에 공격적인 허무감, 허무적 공격성이 숨겨져 있음을 그의 시를 통해 예감하고 있었다. 그런데 그가 갑자기 죽었다. 죽음은 늙음이나 아픔과 마찬가지로 인간의 육체가 반드시 겪게 되는 한 현

상이다. 한 현상이라기보다는, 실존의 범주이다. 죽음은
그가 앗아간 사람의 육체에 대한 기억을 간직하고 있는
사람들의 눈에서 그의 육체를 제거하여, 그것을 다시는
못 보게 하는 행위이다. 그의 육체는 그의 육체를 기억
하는 사람들의 머릿속에 환영처럼, 그림자처럼 존재한
다. 실제로 없다는 점에서, 그의 육체는 부재이지만, 머
릿속에 살아 있다는 의미에서, 그의 육체는 현존이다.
말장난 같지만, 죽은 사람의 육체는 부재하는 현존이며,
현존하는 부재이다. 그러나 그의 육체를 기억하는 사람
들이 다 사라져 없어져버릴 때, 죽은 사람은 다시 죽는
다. 그의 사진을 보거나, 그의 초상을 보고서도, 그가 누
구인지를 기억해내는 사람이 하나도 없게 될 때, 무서
워라, 그때에 그는 정말로 없음의 세계로 들어간다. 그
없음의 세계에서 그는 결코 다시 살아날 수 없다. 그 완
전한 사라짐이 사실은 세계를 지탱한 힘일는지도 모른
다. 그것이 무서워서, 그것이 겁나서, 사람들은 그를 영
구히 기억해줄 방도를 찾는다. 제일 쉬운 방도는, 그를
기념하여, 제사를 지내줄 사람을 만들어놓는 것일 것이
다…… 그러나 기형도에게는 아이들이 없다. 그는 혼자
죽었다. 그의 육체를 기억하는 사람들이 살아 있을 때,
그가 완전한 사라짐 속에 잠기는 것을 막아야 한다. 어
쩌면, 그를 완전히 사라지게 하는 것이 더 바람직할지
도 모른다. 완전히 사라지면, 모든 역사적 소추에서 자

유스러울 것이고, 그는 우연 속으로 들어갈 수 있을 것이다. 그러나 그러기 위해서는 그가 남긴 모든 글들을, 카프카가 바란 것처럼, 다 태워 없애야 한다. 그의 글뿐만 아니라, 그 글들이 실린 모든 지면을 없애야 한다. 그것은 바랄 수는 있으나, 이룰 수는 없는 꿈이다. 그렇다면, 차라리 그를 살리는 것이 낫다. 그의 시들을 접근이 쉬운 곳에 모아놓고, 그래서 그것을 읽고 그를 기억하게 한다면, 그의 육체는 사라졌어도, 그는 죽지 않을 수 있다. 그의 시가 충격하는 사람들이 많으면 많을수록, 그는 빨리 되살아나, 그의 육체를 모르는 사람들에게도 그의 육체를 상상할 수 있게 해줄 것이다. 나는 그의 시들을 모아, 그의 시들의 방향으로 불을 지핀다. 향이 타는 냄새가 난다. 죽은 자를 진혼하는 향내 속에서 새로운 그의 육체가 나타난다. 나는 샤먼이다…… 아니다, 나는 그에 대해 좋은 추억을 갖고 있는, 갖고 있으려 하는 한 사람의 문학비평가이다.

*

좋은 시인은 그의 개인적·내적 상처를 반성·분석하여, 그것에 보편적 의미를 부여할 줄 아는 사람이다. 대부분의 시인들은, 그러나, 자기의 감정적 상처를 지나치게 과장하거나, 그것을 억지로 감춤으로써, 끝내, 기형도의 표현을 빌면 "추상이나 힘겨운 감상의 망토"(p. 108)를 벗지 못한다. 그것은 보기에 흉하다. 그것은 성숙하지 못한 짓이기 때문이다. 기형도의 상처는 어떤 것일까? 유년/소년 시절의 그의 상처는 가난이며, 젊은 날의 그의 상처는 이별이다. 「위험한 가계·1969」라는 제목이 붙어 있는 시는, 그의 내적·개인적 상처를 서정적으로, 다시 말해 증오의 감정 없는 추억의 어조로 되살리고 있다. 그 시에 의하면 "열 살 때" 아버지가 풍병(중풍?)으로 쓰러진다. 아마도 사업을 하다가 실패한 듯, "실패하시고 나서 아버지는 3년 동안 낚시질만 하셨어요." 별다른 재산이 없는 상태에서 아버지가 쓰러지자, 어머니는 콩나물을 키우고, 큰누이는 공장엘 다닌다. 생활은 어려워, 작은누이는 "죽은 맨드라미처럼 빨간 내복"에다 스웨터를 걸치고, 그는 다 떨어진 잠바를 걸치고 지낸다. 그들이 먹은 것은 주로 칼국수인 듯, "어머니가 양푼 가득 칼국수를 퍼 담으시며 말했다"(pp. 81~82), "아으, 칼국수처럼 풀어지는 어둠!"(p. 111) 등을 보면, 칼국수는 그의 감각에 깊숙이 인각되어 있다. 그 굶주림의 시각에서 봐야, 하늘의 별이 "튀밥"(p. 83) 같이 보이는 이유를 짐작할 수 있다. 그 풍경의 공간 속에서 본 아버지는 언제나 "가난한 아버지"이며, 그래서 "불쌍한 아버지"(p. 99)이고, 어머니는 위태로운 모습이다[한 시편에서, 그는 이렇게 묘사한다. 아니 절규한다:

"광포한 바람이여. 이제야 나는 어디에서 네가 불어오는지 알 것 같다. 오, 그리하여 수염투성이의 바람에 피투성이가 되어 내려오는 언덕에서 보았던 나의 어머니가 왜 그토록 가늘은 유리막대처럼 위태로운 모습이었는지"를(p. 112). 바람은 풍병의 그 바람이며, 수염투성이는 아버지의 모습이며, 콩나물의 뿌리이다. 유리막대는 콩나물대에서 연상된 이미지이다. 아니다, 그토록 단순하지는 않다. 수염투성이의 바람에는 아버지와 어머니의 휘날리는 머리카락이라는 이미지가 겹쳐 있다. 피투성이의? 어려운 삶이라는 의미가 아닐까]. 그 가난의 공간에서 그가 체험한 최초의 상처: "선생님. 가정방문은 가지 마세요. 저희 집은 너무 멀어요. 그래도 너는 반장인데. 집에는 아무도 없고요. 아버지 혼자, 낮에는요. 방과 후 긴 방죽을 따라 걸어오면서 나는 몇 번이나 책가방 속의 월말고사 상장을 생각했다. 둑방에는 패랭이꽃이 무수히 피어 있었다. 모두 다 꽃씨들을 갖고 있다니. 작은 씨앗들이 어떻게 큰 꽃이 될까. 나는 풀밭에 꽂혀서 잠을 잤다. 그날 밤 늦게 작은누이가 돌아왔다. 아버진 좀 어떠시니. 누이의 몸에서 석유 냄새가 났다. 글쎄, 자전거도 타지 않구 책가방을 든 채 백 장을 돌리겠다는 말이냐? 창문을 열자 어둠 속에서 바람에 불려 몇 그루 미루나무가 거대한 빵처럼 부풀어 오르는 게 보였다. 그리고 나는 그날, 상장을 접어 개천에 종이배로 띄운 일을 누구에게도 말하지 않았다"(pp. 83~84). 그는 반장이고, 월말고사에서 성적이 좋아 상장을 받았다. 그러나 집에 가서도 그것을 자랑할 사람이 없다. 누이는 공장에서 일하고, 아버지는 누워 있고, 어머니는 콩나물(/무)을 팔러 갔다. 그도 신문 배달을 할까 한다. 그는 가정방문을 하겠다는 선생님에게 집에 안 오시면 좋겠다고 말하고, 풀밭에 "꽂혀"(마치, 꽃병 속에 꽂히듯!) 잠을 잔 뒤, 돌아오면서 상장으로 종이배를 만들어 개천에 띄운다[이 체험은 뒤에 "물 위를 읽을 수 없는 문장들이 지나가고/나는 더 이상 인기척을 내지 않는다"(p. 43)라는 수일한 이미지를 낳는다]. 그 체험 이후에, 그는 바람 소리만 들으면 무서워하는…… 그런 정황에 빠진다. 그것이 병일까? 병은 아닐 것이다. 그것을 담담하게, 과장하거나 감추지 않고 말할 수 있는 것을 보면 그렇다. "내 유년 시절 바람이 문풍지를 더듬던 동지의 밤이면 어머니는 내 머리를 당신 무릎에 뉘고 무딘 칼끝으로 시퍼런 무를 깎아주시곤 하였다. 어머니 무서워요 저 울음소리, 어머니조차 무서워요. 애야, 그것은 네 속에서 울리는 소리란다. 네가 크면 너는 이 겨울을 그리워하기 위해 더 큰 소리로 울어야 한다"(p. 92). 정말 무서운 것은 바람 소리가 아니라, 아버지와 어머니다. 가난한 아버지와 위태로운 어머니가 무서운 것이다. 어머니는 그것을 잘 알고 있다. 그래서 그녀는 무서운 것은 네 속에서 울리는 울음소리라고 말한다. 너는 아버지와 어머니를 위해 울고 있다. 나는 그것을 잘 안다. 나이 들면, 더 크게 울게 될 것이다. 그의 어머니는 옳았다. 그는 그의 울음으로 시를 만들어 모든 사람들에게 들려준다. 울음을 더 크게 울기 위해 그는 그가 "내부의 유배지"(p. 108)라고 부른 곳으로 유배간다. 그것은 독일인들이 내적 망명이라고 부른 것과 유사하며, 최인훈이 내부로의 망명이라고 부른 것과 거의 같다. 내적 유배지에서 그가 한 것은 책읽기이다. 그것은 그의 짧은 일생 내내 지속된 행위이다: "[……] 돌층계 위에서/나는 플라톤을 읽었다, 그때마다 총성이 울렸다"(p. 20). 그가 읽은 책들은 광범위하고 깊이 있다. 시에 한해 말한다 하더라도, 그의 시는, 벤, 릴케, 샤르, 첼란, 정현종, 황동규, 오규원, 고은…… 등의 흔적을 보여준다. 책을 읽으면서, 그는 그의 어머니가 바란 대로, "이 겨울을 그리워하기 위해 더 큰 소리로 운"다. 그 울음의 흔적 중의 하나가 「엄마 걱정」이다. 무를 팔러 간 어머니를 배고픈 아이가 기다리고 있는데도, 그 어조는 서정적이다. 그 공간이 옛날 이야기의 공간과 닮아 있어서 그런 것일까, 여하튼, 그 시는 아름답다. 아름다운 것은, 물론, 위태로운 어머니를 따뜻하게 회상하는 시인의 눈길이다.

열무 삼십 단을 이고

시장에 간 우리 엄마

안 오시네, 해는 시든 지 오래

나는 찬밥처럼 방에 담겨

아무리 천천히 숙제를 해도

엄마 안 오시네, 배추잎 같은 발소리 타박타박

안 들리네, 어둡고 무서워

금 간 창틈으로 고요히 빗소리

빈방에 혼자 엎드려 훌쩍거리던

아주 먼 옛날

지금도 내 눈시울을 뜨겁게 하는

그 시절, 내 유년의 윗목 (p. 130)

그의 가난의 공간은, 그러니까 가난한 아버지, 그의
치유될 길 없는 병, 위태로운 어머니, 그녀의 삶을 위
한 발버둥, 그리고 부모들과 서로들에게서 소외된, "찬
밥처럼 방에 담겨" "혼자 엎드려 훌쩍거리는" 아이들,
그리고 그들의 배고픔(그의 시에 자주 나오는 음식의 이
미지들!)으로 채워져 있으며, 당시의 그는 그것을 무서
움·괴로움으로 받아들이나, 커서는 그리움으로 받아들
인다. 그 공간을 무서움으로가 아니라 그리움으로 받아
들인다는 점에서, 그 공간은 부정적 성격을 잃고 있지
만, 그 부정성의 흔적까지 없어지는 것은 아니다. 빈방,

혼자 있음, 외로움 등은 여전히 그의 내부 깊숙한 곳에 깊이 뿌리박고 있다.

유년/소년 시절의 그의 상처가 가난이라면, 청년 시절의—청년 시절을 다 끝내지도 못하고, 세상을 "건너가"(p. 64)버린 그에게 청년 시절이란 말을 쓰는 사람의 마음은 "암연히 수수롭다"—그의 상처는 못 이룬 사랑이다. 「쥐불놀이」란 시에서,

　　사랑을 목발질하며
　　나는 살아왔구나
　　대보름의 달이여
　　올해에는 정말 멋진 연애를 해야겠습니다 (p. 114)

라고 당당하게 말한 그는—사랑을 목발질한다? 사랑이라는 목발을 짚고 세상을 산다라는 뜻일까? 아니면 서툴게 사랑을 했다는 뜻일까?—곧,

　　그토록 좁은 곳에서 나 내 사랑 잃었네 (p. 75)

라고 말한다. 위의 시행을 끝행으로 갖고 있는 시를 꼼꼼히 읽어보면, 어느 겨울날, 너무나 가까운 사이라고 믿고, 여러 사람이 같이 어울린 술집에서 여자에게 실수를 하여, 그의 사랑을 잃었음을 알 수 있다. "모든 것

이 나의 잘못이었지만/너무도 가까운 거리가 나를 안심시켰네/나 그 술집 잊으려네/기억이 오면 도망치려네"(p. 74). 그녀와 헤어진 기억이 너무나 아파, 그는 그 "기억이 오면" 있는 힘 다해 도망치려 한다. 그래서 "모든 추억은 쉴 곳을 잃"(p. 74)고, "어떤 조롱도 [그의] 무거운 마음 일으키지 못"(p. 74)한다. 그토록 좁은 술집에서 그는 그토록 큰 그의 사랑을 잃는다. 그는 그 빈 좁은 방에 갇혀, "벗어둔 외투 곁에서 [……] 흐느"(p. 74)낀다. 그 체험은, 그러나, 이상한 가역성에 의해, 사랑을 빈방에 가두는 행위로 바뀐다. "사랑을 잃고 나는 쓰네"(p. 77)라고 말한 그는,

> 잘 있거라, 짧았던 밤들아
> 창밖을 떠돌던 겨울 안개들아
> 아무것도 모르던 촛불들아, 잘 있거라
> 공포를 기다리던 흰 종이들아
> 망설임을 대신하던 눈물들아
> 잘 있거라, 더 이상 내 것이 아닌 열망들아 (p. 77)

라고, 그녀를 향한 열망의 소유권 주장을 포기한 뒤, "장님처럼 [……] 더듬거리며 문을 잠"(p. 77)근다. 그 방 안에 갇힌 것은, 그러나 놀랍게도, 그가 아니라, "가엾은 내 사랑"이다: "가엾은 내 사랑 빈집에 갇혔네"(p. 77).

그토록 좁은 곳에 갇혀 있던 그는 사랑에 대한 시를 씀으로써, 마치 그가 가난의 공간을 추억 속에 가둬놓듯, 그가 갇혀 있던 빈집의 좁은 방에 사랑을 가둬놓는다. 그 사랑은 이제 그의 눈물을 자아내는 사랑이 아니라, 그리움으로 되돌아보는 사랑이다. 그는 이미 그 빈집에서 나와 있다. 아니 그가 나오니까, 그 집은 빈집이 된 것이다. 그 빈집 속에 갇힌 것은, 짧은 밤, 창밖을 떠돈 겨울 안개, 아무것도 모르는 촛불, 공포를 기다리는 흰 종이, 망설임을 대신하는 눈물, 내 것이 아닌 열망 등이다. 그런 것들을 가진 사람은, 누구나, 그 빈집에서 살 수 있다. 누가 살아도, 그 집은 그가 들어가지 않는 한, 빈집이다.

그러나 시인으로서의 기형도의 힘은 그가 가난과 이별의 체험을 했다는 데 있는 것이 아니라(그런 체험을 한 것은 그만이 아니다. 다른 많은 시인들도 그와 같은 체험을 했고, 하고 있다), 그 체험에서 의미 있는 하나의 미학을 이끌어냈다는 데 있다. 그 의미 있는 미학에 나는 그로테스크 리얼리즘이라는 이름을 붙여주고 싶다. 그로테스크 리얼리즘이란 그로테스크한 이미지들로 시를 만드는 것을 뜻하지 않는다. 물론 그것은 일상생활에서 보기 힘든 괴이한, 부정적 이미지들을 지칭할 수도 있다. 그렇지만 그것만을 지칭하지는 않는다. 가령, 기형도의 시에 나오는,

> 어떤 날은 두꺼운 공중의 종잇장 위에
> 노랗고 딱딱한 태양이 걸릴 때까지 (p. 9)

라는, 하늘을 두꺼운 종잇장으로, 태양을 노랗고 딱딱한 것으로 비유하는 이미지나,

> 청년들은 톱밥같이 쓸쓸해 보인다. (p. 18)

라는, 서로 엉키지 못하는 젊은이들의 비연대성을 보여주는 이미지나,

> 공기는 푸른 유리병, 그러나
> 어둠이 내리면 곧 투명해질 것이다, 대기는
> 그 속에 둥글고 빈 통로를 얼마나 무수히 감추고 있는
> 가! (p. 26)

라는, 만화영화의 이미지 같은, 그러나 개별자들의 고립성이 유난히 강조되는 이미지들이, 비일상적이고, 괴이하고, 때로는 부정적인 이미지들이라는 것을 인정한다 해도, 그리고 그런 이미지들이, 가령, 하나의 예를 들자면,

하늘은 딱딱한 널빤지처럼 떠 있다 (p. 15)

라든가,

　　　무슨 딱딱한 덩어리처럼
　　　달아날 수 없는,
　　　공원 등나무 그늘 속에 웅크린 (p. 21)

따위의 시행들에서 볼 수 있듯이, 딱딱함이라는 의미소
주변으로 모인다 하더라도, 그것 때문에 그의 시가 그
로테스크한 것은 아니다. 그의 시가 그로테스크한 것은,
그런 괴이한 이미지들 속에, 뒤에, 아니 밑에, 타인들과
의 소통이 불가능해져, 자신 속에서 암종처럼 자라나는
죽음을 바라다보는 개별자, 갇힌 개별자의 비극적 모습
이, 마치 무덤 속의 시체처럼—그로테스크라는 말은 원
래 무덤을 뜻하는 그로타에서 연유한 말이다—뚜렷하
게 드러나 있다는 데에 있다. 시인은 우선 그의 모든 꿈
이 망가져 있음을 깨닫는다. 가난과 이별은 그 망가진
꿈의 완강한 배경 그림이다. 보라, "발밑에는 몹쓸 꿈들
이 빵봉지 몇 개로 뒹굴곤 하였다"(p. 17), "보아라, 쉬운
믿음은 얼마나 평안한 산책과도 같은 것이냐. 어차피
우리 모두 허물어지면 그뿐, 건너가야 할 세상 모두 가
라앉으면 비로소 온갖 근심들 사라질 것을. 그러나 내

어찌 모를 것인가. 내 생 뒤에도 남아 있을 망가진 꿈들,
환멸의 구름들……"(p. 64). 망가진 꿈, 꿈의 환멸은 삶
을 "하찮은 문장 위에 찍힌/방점과도 같은"(p. 16) 것으
로 느끼게 한다. 하찮은 문장 위에 찍힌 방점! 책읽기와
잘못 강조된 삶(/꿈)의 교묘한 삼투. 그래서 시인은 자
기가 이미 늙었다고 느낀다. 그에게 남은 것은 죽음뿐이
다. 그럴 리가 있는가. "나는 여러 번 장소를 옮기며 살
았지만/죽음은 생각도 못했다"(p. 23)라고 말하고 있지
않는가. 과연 그렇다. 그는 열심히 살려고 한다. 그러나

　　오랫동안 나는 곰팡이 피어
　　나는 어둡고 축축한 세계에서 (p. 23)

어떻게 살아야 하는지 알 수 없다. 알 수 없을 뿐만 아
니라, 진눈깨비처럼 나는 곧 사라질 것이라는 생각에
집요하게 시달린다: "진눈깨비 쏟아진다, 갑자기 눈물
이 흐른다, 나는 불행하다/이런 것은 아니었다, 나는 일
생 몫의 경험을 다했다, 진눈깨비"(p. 35). 이 도저한 자
기 인식은, 젊어서 이미 지나치게 늙어버린 희귀하게
예민한 사람의 자기 인식이다. 그가 말한다: "나무들은
그리고 황폐한 내부를 숨기기 위해/크고 넓은 이파리들
을 가득 피워냈다/나는 어디로 가는 것일까, 돌아갈 수
조차 없이/이제는 너무 멀리 떠내려온 이 길"(p. 42). 그

러니, "나를 찾지 말라"(p. 42). 그러면서도 그는 계속 쓴다. 글쓰기에 대한 이 미친 듯한 정열. 그것이 우울한 정열이라는 것을 알면서도 그는 쓴다: "내 희망을 감시해온 불안의 짐짝들에게 나는 쓴다/이 누추한 육체 속에 얼마든지 머물다 가시라고/모든 길들이 흘러온다, 나는 이미 늙은 것이다"(p. 46). 이미 늙은 시인에게 남은 것은 죽음뿐이다.

나와 죽음은 서로를 지배하는 각자의 꿈이 (p. 67)

된다. 죽음만이 망가져 있지 않은 시인의 유일한 꿈이다. 자기 속에 갇혀 죽음만을 바라다보는 늙은이의 눈에 비치는 나는 누구일까? 나는 남과 같은 익명인가, 아니면 독특한 개별자일까. 그가 바라는 것은 물론 독특한 개별자이다: "[나는] 완전히 다르게 살고 싶었다, 나에게도 그만한 권리는 있지 않은가"(p. 34). 그에게 그만한 권리는 있다. 그러나 그가 파악하는 그는 "다른 사람들과 전혀 구별되지 않는다"(p. 51). 그래서 그가 "이 세상에 같은 사람은 없네"(p. 74)라고 말할 때나, "우리는 모두가 위대한 혼자였다"(p. 110)라고 말할 때에도, 그 다름, 그 혼자임은 갇혀 있는 개별자라는 같음의 다른 모습임을 어렴사리 깨닫게 된다. 나는 위대한 혼자가 아니라, 우리는 위대한 혼자이다. 그 혼자 있는 개별

자의

> [……] 영혼은
> 검은 페이지가 대부분이다, 그러니 누가 나를
> 펼쳐볼 것인가, [……] (p. 24)

그 개별자는 읽을 수 없는 책과도 같다(시인의 의식은 끊임없이 책으로 되돌아온다. 그에게는 세계도 사람도 모두가 책이다. 그는 빈방에 누워 훌쩍이며 책 속으로 유배 간다. 그 책 속에 뭐가 있단 말인가. 헛된 희망과 죽음뿐 아닌가! 아, 그가 본 책들은 너무 비극적이고 부정적이다). 마지막으로, 죽음만을 마주하고 있는 늙은이에게 흥미 있는 것은—흥미? 흥미라고 할 수는 없다. 차라리 관계 있는 것이라고 써야 할 것이다—, "저 홀로 없어진 구름"(p. 37)과 같은 우연한 것(필연적이지 않은 것), '진눈깨비'와 같은 순간적인 것(영원하지 않은 것), '바람'과 같은 갑작스러운 것(준비—예비할 수 없는 것), "이제는 너무 멀리 떠내려온 이 길"(p. 42)과 같은 표류하는 것(고정되지 않은 것), 그리고 "쓸데없는 것"(p. 47)(쓸모없는 것) 등이다. 사람은 부수적인 것이지, 본질적인 것이 아니다. 자신을 부수적인 것으로 느끼는 사람은, 자신의 늙은(허물어진) 육체를 바라다보며 울부짖는다.

[······] 무엇이 그를 이곳까지 질질 끌고 왔는지, 그는
더 이상 기억도 못한다.

그럴 수도 있다, 그는 낡아빠진 구두에 쑤셔박힌, 길쭉
하고 가늘은

자신의 다리를 바라보고 동물처럼 울부짖는다, 그렇다
면 도대체 또 어디로 간단 말인가! (p. 34)

아무리 움직여봐도, 자신이 부수적인 것에 지나지 않
는다면, 또 움직여본들 무엇할 것인가. 그가 할 일은 자
신을 소멸시키는 것뿐이다. 나는 홀로 없어지는 구름같
이 우연한 존재이다라는 것이 기형도의 리얼리즘이 전
달하는 구극적인 전언이다. 사람은 죽기 위해 태어난
것일까? 사람에겐 본질적이며, 영원한 것은 없는가? 놀
랍게도, 열심히 혼자 살다 간 한 젊은 시인은 단호하게
그렇다고 말한다. 그 도저한 세계관이 나를 전율케 한
다. 세계는 쓰레기통 같은 것이고, 사람은, 베케트의 표
현을 빌면, 줄만 잡아당기면 쓸려나갈 수세식 변기 위
의 똥덩어리 같은 것일 따름인가? 무엇이 한 젊은 시인
으로 하여금

나는 인생을 증오한다 (p. 33)

라고 단정적으로 말하게 한 것일까?

거추장스러운 어떤 것이 아직도 남아 있는 육체(p. 22), 그리움으로밖에 존재하지 않는 희망, 구부러진 핀(p. 111) 같은 가족들, 눈물마저 말라버린 눈, 헛것을 살았다는 아픈(쓰디쓴) 자각…… 등이 바람병 든 아버지와 결부된 뛰어난 시가 「물 속의 사막」이다. 나는 그 시를 그의 그로테스크 리얼리즘의 한 예로, 가장 적절한 한 전형으로 적어두고 싶다. 내가 적어두고 싶었던 것은 「죽은 구름」이었지만, 거기에는 그의 개인적 상처의 흔적들이 지나치게 추상화되어 있다, 아니 감춰져 있다.

밤 세 시, 길 밖으로 모두 흘러간다 나는 금지된다
장맛비 빈 빌딩에 퍼붓는다
물 위를 읽을 수 없는 문장들이 지나가고
나는 더 이상 인기척을 내지 않는다

유리창, 푸른 옥수수잎 흘러내린다
무정한 옥수수나무…… 나는 천천히 발음해본다
석탄가루를 뒤집어쓴 흰 개는
그해 장마 통에 집을 버렸다

비닐집, 비에 잠겼던 흙탕마다
잎들은 각오한 듯 무성했지만

의심이 많은 자의 침묵은 아무것도 통과하지 못한다
밤 도시의 환한 빌딩은 차디차다

장맛비, 아버지 얼굴 떠내려오신다
유리창에 잠시 붙어 입을 벌린다
나는 헛것을 살았다, 살아서 헛것이었다
우수수 아버지 지워진다, 빗줄기와 몸을 바꾼다

아버지, 비에 묻는다 내 단단한 각오들은 어디로 갔을
까?
번들거리는 검은 유리창, 와이셔츠 흰 빛은 터진다
미친 듯이 소리친다, 빌딩 속은 악몽조차 젖지 못한다
물들은 집을 버렸다! 내 눈 속에는 물들이 살지 않는다
(pp. 43~44)

이미지만을 뒤따라가자면, 밝은 빌딩의 유리창을 치
는 빗줄기는 어릴 적에 본 옥수수잎과 결부되고, 그것
은 아버지의 얼굴과 겹쳐지지만("우수수 아버지 지워진
다, 빗줄기와 몸을 바꾼다"는 그 이미지들이 교란되는 순
간의 묘사이다. 우수수는 옥수수 때문에 따라나오고, 빗줄
기와 아버지는 정상으로 회귀한다), 그로테스크 리얼리
즘의 관점에서는, "나는 헛것을 살았다/나는 살아서 헛
것이었다"는 교묘한 대립과 "물들은 집을 버렸다"의,

집을 버리고 되는대로 쏟아지는, 그래서 다 없어져버린 물/집의 대립이 더 중요하다. 시인은 집이 없는, 방황하는 시대의 지친 넋이며, 그 원형은 그의 아버지이다. 나는 헛것을 살았다, 아니 살다 보니 나는 헛것이었다, 그런데 그 나는 바로 아버지였다! 그 인식 이후에, 나에겐 눈물도 없다.

기형도의 리얼리즘의 요체는 현실적인 것(—개인적인 것—역사적인 것)에서 시적인 것을 이끌어내, 추함으로 아름다움을 만드는 데 있는 것이 아니라, 시적인 것이 현실적인 것이며, 현실적인 것이 시적인 것이라는 것을, 아니 차라리 시적인 것이란 없고, 있는 것은 현실적인 것뿐이라는 것을 분명하게 보여준 데 있다. 그런 의미에서 그는 진흙탕에서 황금을 빚어내는 연금술사가 아니라, 진흙탕을 진흙탕이라고 고통스럽게 말하는 현실주의자이다. 그의 시학은 현실적인 것과 시적인 것의 대립 위에 세워져 있지 않다. 그래서 그는 꿈을 꾸지 않는다. 망가진 꿈이라도 꿈을 꾸는 자에겐 희망이 남아 있다. 그러나 그는 망가진 꿈도 꿈꾸지 않는다. 망가진 꿈은 그리움의 상태로, 그런 것도 있었지라는 쓰디쓴 회상의 상태로 존재할 따름이다. 그런 의미에서 그의 시는 현실적인 것을 변형시키고 초월시키는 아름다움, 추함과 대립되는 의미의 아름다움을 목표하는 것이 아니라, 자기 존재의 모습에 대한 앎—아름다움이란,

아는 대상다웁다라는 뜻이다—으로서의 아름다움을
목표한다. 그가 익숙하게 알고 있는, 소외된 개별자, 썩
어가는 육체, 절망 없는 미래[보라, 시인은 "미래가 나의
과거이므로"(p. 25)라고 말한다], 헛것인 존재들이다. 그
것들은 아름—아는 대상답다. 그에게 있어, 시적인 것
은 따로 없다. 그가 익숙하게 아는 것이 아름다운 것이
며, 시적인 것이다. 그런데 그 아름다운 것들이 사실은
얼마나 부정적인 것들인지.

　기형도의 시학에 대한 비판은 여러 가지일 수 있다.
그 중에서 가장 피상적인 것은, 그의 현실에 역사가 없
으며, 더 정확히 말해 역사적 전망이 없으며, 그런 의
미에서 그의 시는 퇴폐적이라는 비판일 것이다. 그 비
판에 일리가 없는 것은 아니나, 그 비판은 비판을 위한
비판에 가깝다. 그 비판은 기형도 시가 연 시의 새 지
평을 완전히 무시하고 있으며, 그의 시와는 다른 차원
에서 그의 시를 비판하고 있는 비판이다. 그 비판은 몸
이 약해 고깃집에 가서, 고기를 먹는 사람들에게 채식
을 하지 않는다고 비판하는 것과 비슷한 비판이다. 그
의 시의 약점을 지적하려면, 우선 그의 시의 차원 안에
있어야 한다. 나는 기형도의 시가 아주 극단적인 비극
적 세계관의 표현이라고 보고 있다. 그것은 도저한 부
정적 세계관이다. 그의 시가 보여주는 부정성을 그 이
전에 보여준 시인은 그리 많지 않다, 아니 거의 없다. 아

무리 비극적인 세계관에 침윤되어 있더라도, 대부분의 시인들은 낙관적인 미래 전망의 흔적을 보여준다. 이성복이 그렇고, 황지우가 그렇다. 그런데 기형도의 시에는 그런 낙관적인 미래 전망이 거의 없다. 그 도저한 부정성은 벤이나 첼란에게서나 볼 수 있는 부정성이다(한국 시에서 그런 부정성을 보여준 시인이 누구일까? 이상? 이상에게는 그러나 치열성이 부족하다). 기형도의 부정성은, 내가 보기에는, 적어도 두 개의 출구를 갖고 있었다. 하나는 그 부정성을 더욱 밀고 나가, 유한한 육체의 추함을 더 과격하게 보여주는 길이며, 또 하나는 그 부정성을 긍정적 부정성으로 환치시켜, 혹은 발전시켜 해학·풍자·골계(/익살) 쪽으로 나아가는 길이다. 첫번째 길은 개별자의 갇혀 있음을 더욱 명료하게 보여줄 것이며, 두번째의 길은 미래 전망의 결여를 운명적인 것으로 인식시킨 지배 이데올로기를 비웃음으로써, 그것이 인위적인 것이며, 문화적인 것이라는 것을 뒤집어 보여줄 수 있었을 것이다. 첫번째 길은 비용이나 보들레르 등이 걸어간 길이며, 두번째 길은 라블레나 김지하가 걸어간 길이다. 기형도는 그 두 길의 어느 쪽으로도 가지 않았다. 그는 그 갈림길에서 갑자기 쓰러져, 다시 일어나지 못했다. 그래서 그 갈림길은 이제 다시 없어졌다, 이미 그가 노래한 것처럼,

이미 늦은 것이다 이미

그곳에는 아무도 없다 (p. 26)

나는 누가 기형도를 따라 다시 그 길을 갈까 봐 겁난
다. 그 길은 너무 괴로운 길이다. 그 길은 생각만 해도
내 "얼굴이 이그러진다"(p. 31). 나는 불행하다, 나는 삶
을 증오한다라는 끔찍한 소리를 다시는 누구도 하지 않
기를 바란다, 그것이 이뤄질 수 없는 꿈이라고 해도.

*

기형도는 1960년 경기도 연평에서 태어났다. 그리
고 1989년 3월 7일 새벽 3시 30분경, 종로 2가 부근의
한 극장 안에서 죽었다. 그의 가장 좋은 선배 중의 하나
였던 김훈은 "나는 기형도가 죽은 새벽의 심야 극장—
그 비인간화된 캄캄한 도시 공간을 생각하고 있다. 그
가 선택한(과연 그가 선택한 것일까. 차라리 운명이 그를
선택하지 않았을까: 인용자) 죽음의 장소는 나를 늘 진저
리치게 만든다. 앞으로도 오랫동안 그러할 것이다"라고
말한 뒤에, 그의 넋을 가라앉히기 위해, 원효가 사복의
어머니를 위해 부른 게송의 어조로, 침통하게 당부하고
있다: "가거라, 그리고 다시는 생사를 거듭하지 말아라.
인간으로도 축생으로도 다시는 삶을 받지 말아라. 썩어

서 공이 되거라. 네가 간 그곳은 어떠냐······ 누런 해가
돋고 흰 달이 뜨더냐." 김훈의 어조를 가슴에 담고, 기
형도의 시를 다시 읽어보면, 그는 젊어 죽을 수밖에 없
었던 시인이다. 그러나 나는 김훈처럼 모질지가 못해,
두루뭉술하게, 오마르 카이얌의 『루바이야트』의 시 하
나를 빌려, 그의 넋을 달래려 한다. ▨

우리 모두 오고 가는 이 세상은
시작도 끝도 본시 없는 법!
묻는들 어느 누가 대답할 수 있으리오
어디에서 왔으며 어디로 가는가를! (김병옥 역)

작품 발표 연도 및 출전

1985 「안개」(동아일보), 「전문가」「먼지투성이의 푸른 종이」「10월」「늙은 사람」(『언어의 세계』4집), 「이 겨울의 어두운 창문」「白夜」(『학원』3월호), 「밤눈」(『2000년』4월호), 「오래된 書籍」(『소설문학』11월호), 「어느 푸른 저녁」(『문학사상』12월호).

1986 「위험한 家系·1969」「鳥致院」「집시의 詩集」「바람은 그대 쪽으로」(『시운동』8집), 「포도밭 묘지 1」(『한국문학』10월호), 「포도밭 묘지 2」(『현대문학』11월호), 「숲으로 된 성벽」(『心象』11월호).

1987 「나리 나리 개나리」(『소설문학』2월호), 「植木祭」(『문학사상』4월호), 「오후 4시의 희망」(『한국문학』7월호), 「여행자」「장미빛 인생」(『문학사상』9월호).

1988 「진눈깨비」(『문학과 비평』봄호), 「죽은 구름」「추억에 대한 경멸」(『文藝中央』봄호), 「흔해빠진 독서」「노인들」(『문학사상』5월호), 「길 위에서 중얼거리다」(『문학정신』8월호), 「물 속의 사막」(『현대시사상』), 「바람의 집─겨울 版畵 1」

「삼촌의 죽음—겨울 版畵 4」(『문학사상』11월호), 「너무 큰 등받이의자—겨울 版畵 7」(『80년대 신춘문예 당선 시인선집』), 「정거장에서의 충고」 「가는 비 온다」 「기억할 만한 지나침」(『문학과사회』 겨울호)

1989   「聖誕木—겨울 版畵 3」(『한국문학』1월호), 「그집 앞」 「빈집」(『현대시세계』 봄호), 「질투는 나의 힘」(『현대문학』3월호), 「가수는 입을 다무네」 「대학 시절」 「나쁘게 말하다」(『외국문학』 봄호), 「입 속의 검은 잎」 「그날」 「홀린 사람」(『文藝中央』 봄호)

미발표 작품 창작 연도

「병」(1979. 10), 「소년과 나무공」(1980), 「사강리」(1981. 2), 「폐광촌」(1981. 4), 「폭풍의 언덕」(1982. 4), 「비 2」(1982. 6), 「겨울 판화」(1982. 7), 「소리 1」(1983. 8), 「종이달」(1983. 11), 「소리의 뼈」(1984. 7), 「우리 동네 목사님」(1984. 8), 「나의 플래시 속으로 들어온 개」(1984. 8), 「봄날은 간다」(1985. 2), 「엄마 걱정」(1985. 4)